U0047737

跟著

時雨

學日語
にほんご

時雨——著

輕鬆掌握

N4-N3

初階常用文法

培養語感

突破自學瓶頸

課外補充

都適用！

目錄 CONTENTS

推薦序 ············· 008

前言 ············· 012

···

🐾 **第 1 卷** 中文解釋似乎相同，
但到底哪裡不同啊？　**14**

在中文裡解釋相似度很高，本卷提供了詳細的說明與分析
來幫助讀者理解在日文中使用上的不同。

1.「借りる」和「貸す」············· 015

2.「見える」和「見られる」············· 019

延伸介紹：見る、見つける、見かける ············· 023

3.「聞こえる」和「聞ける」············· 024

4.「触る」和「触れる」············· 026

5.「働く」、「勤める」和「仕事する」············· 028

6.「お願いする」和「頼む」············· 029

7.「V2出<ruby>だ<rt></rt></ruby>す」和「V2始<ruby>はじ<rt></rt></ruby>める」⋯⋯⋯⋯ 031

8.「気<ruby>き<rt></rt></ruby>にする」和「気<ruby>き<rt></rt></ruby>になる」⋯⋯⋯⋯ 034

延伸介紹：「ようにする・ようになる」⋯⋯⋯⋯ 036

9.「それから」和「これから」⋯⋯⋯⋯ 038

10. 解析「と・ば・たら・なら」⋯⋯⋯⋯ 042

11.「には」和「では」⋯⋯⋯⋯ 048

12. 解析「そうだ・ようだ・らしい・みたい」⋯⋯⋯⋯ 051

延伸介紹：っぽい・らしい・みたい ⋯⋯⋯⋯ 056

13.「それで」和「そこで」⋯⋯⋯⋯ 057

14.「から」和「ので」⋯⋯⋯⋯ 062

15.「ところで」和「ところが」⋯⋯⋯⋯ 065

16.「気分<ruby>きぶん<rt></rt></ruby>」、「機嫌<ruby>きげん<rt></rt></ruby>」和「気持<ruby>きも<rt></rt></ruby>ち」⋯⋯⋯⋯ 066

17.「知<ruby>し<rt></rt></ruby>る」和「分<ruby>わ<rt></rt></ruby>かる」⋯⋯⋯⋯ 070

18.「つまらない」、「退屈<ruby>たいくつ<rt></rt></ruby>」和「くだらない」⋯⋯⋯⋯ 073

延伸介紹：常見的「謝謝」與「我知道了」
現在形與過去形，意思不大一樣？！⋯⋯⋯⋯ 076

豆知識　日文的「27時」到底是幾點？⋯⋯⋯⋯ 079

第2卷 初學者必懂助詞 **80**

本卷介紹初學者一定要搞清楚的幾個助詞。助詞於日語中占有重要地位，若是使用或理解錯誤，可能就會影響到整個句子的解讀喔！

1. 助詞分類：副助詞、格助詞、接續助詞、終助詞 ………… 081

2. 快速整理！N5 常用助詞「に」・「で」・「へ」・「と」・「も」 ………… 089

3. 什麼時候用「は」，又什麼時候用「が」？ ………… 093

4. 不只是「但是」──「でも」的解析 ………… 098

5. 「から」跟「まで」一起看！ ………… 100

6. 接續助詞的「し」與中止形的「て／で」的差異 ………… 110

7. 終助詞「かい・だい・の・な・のだ（んだ）」的解析 ………… 114

豆知識 「午前 12 時」和「午後 0 時」
哪一個才是中午 12 點？ ………… 118

第 3 卷 授受動詞，老是搞不懂「施」與「受」嗎？ **120**

所謂的「授受動詞」就是授予和接受的意思。「授」代表授予，「受」代表接受。「授受動詞」是初學者一大關卡，因為在日文中，給予與接受有許多表現。而初學者最大的疑問即在於它們使用的時機。

1. 「あげる」・「くれる」・「もらう」的基本觀念 ………… 121

2. 「て形＋授受動詞」
　　〜てあげる、〜てくれる、〜てもらう ………… 134

豆知識 為什麼「頑張って」聽起來像
　　　　「頑張っで」？ PTK ………… 140

漢字的誤用是母語為中文的學習者也常遇到的問題。儘管在日語中仍保有許多漢字，有些意思一樣，但其實有很多的詞彙在日語跟中文的使用上，意思很不同。此卷介紹了十則與中文用法不同且有趣的日語漢字。

1. 認識（にんしき）………… 145

2. 階段（かいだん）………… 147

3. 経理（けいり）………… 148

4. 主人（しゅじん）………… 150

5. 愛人（あいじん）………… 152

6. 心地（ここち）………… 153

7. 深刻（しんこく）………… 154

8. 迷惑（めいわく）………… 155

9. 新聞（しんぶん）………… 156

10. 心中（しんじゅう）………… 157

豆知識 老師來不及教的「句尾＋では」
是什麼意思？ ⋯⋯⋯⋯ I58

自學者常見問題 ⋯⋯⋯⋯ 160

1. 不知道重音是什麼？ ⋯⋯⋯⋯ I60

2. 沒聽過母音無聲化？ ⋯⋯⋯⋯ I66

3. 聽力都聽不懂，跟讀都跟不上？ ⋯⋯⋯⋯ I68

4.「です」的進階版「でございます」⋯⋯⋯⋯ I73

5. 常見的文法誤解：關於 V4 連體形這回事 ⋯⋯⋯⋯ I76

6. 深談片假名的使用 ⋯⋯⋯⋯ I82

7. 關於日文的鼻濁音 ⋯⋯⋯⋯ I87

8. 用「たら」走遍天下（不管と・ば・なら了）⋯⋯⋯⋯ I91

9. 動詞為何可以用「～のです」？ ⋯⋯⋯⋯ I93

10. 關於「知っています」的否定「知りません」⋯⋯⋯⋯ I97

11. 關於家族稱謂的使用 ⋯⋯⋯⋯ 203

解答 ⋯⋯⋯⋯ 206

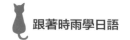

推薦序

　　出版社問我能不能幫忙寫推薦序時，我心中突然有股淡淡的憂傷。唉，原來我已經到了要幫人寫序的年紀了。同時，心中也響起了一些聲音「老師，你怎麼可以幫別人寫推薦啦」，我似乎聽到另外幾個編輯的哀號。唉呀，即使自古同行相忌文人相輕，我們也應該外舉不避仇、內舉不避親（咦？這樣說有點怪，但又好像沒有錯）。

　　「政治問題政治解決」，國內有位政治人物常抓著頭這樣碎碎唸。請問各位，你們的日文問題都怎麼解決？就不用抓頭了，我直截了當地說吧！你們是不是都喜歡「日文問題中文解決」？大家學日文的時候都喜歡（或者說只能）從中文翻譯切入，但是不要忘了，一個句子的中文翻譯其實只是這個句子用中文表達時的最大公約數，是其一，不是唯一。既然如此，兩個句子的中文翻譯相同就代表兩個句子的意思相同嗎？當然不是。那這個時候要怎麼辦？既然是日文問題，就應該由日文解決，不是嗎？

中文和日文本來就是兩種語言，這不用我說大家也知道。但為什麼有時候兩個日文句子卻無法用精確的中文區分呢？是我們的中文能力不好嗎？你看，這些日文問題到最後我們都喜歡把它們當作中文問題來解決。不是的，我們的中文沒有不好，但因為兩個語言本來就有差異，日文有助詞、日文有自他相對動詞；中文沒助詞、中文的自他同形動詞很多。因為這限制，在翻譯上得到的結果就是「詞窮」。也就是有些時候，你根本無法找到相對應的表達方式，你再怎麼變你的中文，也只像是在玩遊戲，想辦法從 1A2B 變成 2A1B，但永遠不會到達 4A。

為何你一直想要使用你的中文、排列你的中文，希望得到日文的解答。孩子，醒醒吧！你在學日文，不是學中文，OK？

這個以中文為中心造成的、學習日文時的窠臼，我稱之為「華人的傲慢」。因為中日文是共用漢字的語言，所以華人總喜歡以漢字為中心學日文，而我們這些華人心中卻又把漢字當中文，很矛盾不是嗎？因為這樣，所以助詞視而不見；因為這樣，所以漢詞自以為懂；因為這樣，所以句子永遠分不清；因為這樣，所以不僅男女授受不親，連日文都授受不清（咦？）。各位想想，這不就像臺灣的日商公司裡面的日籍員工接到電話時，回覆客人：「不好意思，社長正在接客。」

以上的問題，本書都給了大家解答和方向（咦，怎麼有種命理書的 feel）。不管是中文表達相同但日文卻是不同說法的單字和句型，或是一定得搞懂卻又一定搞不懂的助詞，還是施未必比受更有福的授受動詞，抑或是中日共用卻各自表述的漢詞，這本書都討論到了。基礎日語很重要，而學習基礎日語時會產生很多問題，其中的許多問題在這本書應該都可以找到答案。既然如此，當然應該專文推薦不是嗎！

林士鈞

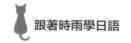

前言

　　這本書約 N4 ～ N3 左右的程度，較適合已經學過一點日文的朋友卻可能會忽略的一些日文問題或學習上的瓶頸，舉個例子：「借_かりる」是「借」的意思，大多數人都會覺得很簡單，就一個單字而已，但碰到組合句時往往不知所措，例如「借_かりてもらう」，到底是誰跟誰借？雖然此句較冷門，但如果你知道這個意思就表示你對授受動詞的用法已相當熟悉。

　　由於大多數的學習者都是背單字跟文法，因此容易忽略其微妙的差異，像是「ここから星_{ほし}が見_みえる」跟「ここから星_{ほし}が見_みられる」，中文上都解釋為「這裡可以看到星星」，它們又有什麼不同呢？本書將帶領學習者一起來探究這些文字的趣味差異。

　　而除了易混淆的單字之外，也收錄了一些常被誤會的漢字，如「認識_{にんしき}」、「経理_{けいり}」、「深刻_{しんこく}」……等，該日文的意思完全不同於中文。好比說，「我認識了一位經理讓我印象深刻」這樣的句子就絕對不會有上述的日文單字（笑）。

　　另外，「と、ば、たら、なら」也是大部分學習者的盲點，比如說「富士山に登るなら…」，後句應該選擇哪一句比較自然呢：❶頂上で高山病になる恐れがある。❷富士宮ルートがおすすめです。

　　如果你選擇的是❷，那麼恭喜你，觀念很正確；如果選擇❶請務必購買此書。那若還沒選擇就看到答案，恭喜你和我有緣，請購買此書結緣。

　　最後要跟廣大的讀者致謝，感謝你們的一路支持陪伴才有今天出書的機會，也誠摯感謝購買此書的朋友。若還未造訪過我的網站，請務必搜尋時雨日文（全名：時雨の町－日文學習園地），教學皆為免費，相信能帶給你許多收穫。

　　最後的最後還是非常感謝各位，如果這本書能讓學習者突破一些日文上的盲點，就是我寫這本書的最大意義。

時雨

第 1 卷

中文解釋似乎相同，但到底哪裡不同啊？

日文跟中文不同，許多學習者習慣用母語的角度看待另外一種語言，但這樣往往會造成無法理解的窘境。每個語言都有它自己的歷史演進與文化薰陶，所以即便是日文漢字與中文相同，意思也不見得一樣。

而日文結構也與中文大相逕庭，比如說，日文經常可以從述語中就了解彼此的關係，這時候就不需要再出現「私」、「あなた」等主語，例如「本をあげる」很明顯就是「給你書」，「本をくれる」就是「給我書」，以上兩個句子都可以省略「私」和「あなた」。但是，回來看看中文，只有「給」一個字，所以我們必須加上人稱主語才知道是誰給誰，從這個例子當中我們就有了基本的概念──

日文表現方式與中文不同。

「借りる」和「貸す」

　　我在日文教學網站上經常收到讀者的問題，從這些問題當中發現到許多學習者會被中文框架綁住，加上很多人都有背單字表的習慣，因此常常誤用，例如「借りる」的中文譯作「借」，結果就不小心把「請借我一本書」寫成「私に本を借りてください」。

　　日文有些單字其實是有分彼此關係的，借入與借出是用不同的單字，「請借我一本書」的日文是「私に本を貸してください」。而「私に本を借りてください」就變成了「請向我借一本書」，所以不能單靠單字表上的意思來學習語言，應多接觸文章來了解單字實際應用的方式。那麼，接下來就來看看「借りる」跟「貸す」的差別吧！

　　簡單來說「借りる」是「借進來」的意思；而「貸す」是借出去的意思。

　　可以用「我跟銀行借錢（借りる）」，「銀行貸款給我（貸す）」，這樣的借貸觀念來理解、思考，是不是就比較清楚了呢？

> 借りる：借入
> 貸す：借出

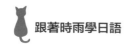

★簡易句型

我們來用簡易例句看看「借<ruby>り<rt>か</rt></ruby>る」與「貸<ruby>す<rt>か</rt></ruby>」的使用方式會更清楚：

<ruby>私<rt>わたし</rt></ruby>は<ruby>彼<rt>かれ</rt></ruby>に<ruby>百円<rt>ひゃくえん</rt></ruby>を<ruby>借<rt>か</rt></ruby>りた。

我向他借一百元。

<ruby>私<rt>わたし</rt></ruby>は<ruby>彼<rt>かれ</rt></ruby>に<ruby>百円<rt>ひゃくえん</rt></ruby>を<ruby>貸<rt>か</rt></ruby>した。

我借一百元給他。

以第二人稱來描述也是一樣道理！

<ruby>彼<rt>かれ</rt></ruby>は<ruby>私<rt>わたし</rt></ruby>に<ruby>百円<rt>ひゃくえん</rt></ruby>を<ruby>借<rt>か</rt></ruby>りた。

他向我借一百元。

<ruby>彼<rt>かれ</rt></ruby>は<ruby>私<rt>わたし</rt></ruby>に<ruby>百円<rt>ひゃくえん</rt></ruby>を<ruby>貸<rt>か</rt></ruby>した。

他借一百元給我。

換到第三人稱的視角也是如此：

<ruby>田中<rt>たなか</rt></ruby>さんは<ruby>鈴木<rt>すずき</rt></ruby>さんに<ruby>百円<rt>ひゃくえん</rt></ruby>を<ruby>借<rt>か</rt></ruby>りた。

田中向鈴木借一百元。

<ruby>鈴木<rt>すずき</rt></ruby>さんは<ruby>田中<rt>たなか</rt></ruby>さんに<ruby>百円<rt>ひゃくえん</rt></ruby>を<ruby>貸<rt>か</rt></ruby>した。

鈴木借一百元給田中。

★進階挑戰（限學過「授受動詞」的人挑戰）

　　「借<ruby>り<rt>か</rt></ruby>る」和「貸<ruby>す<rt>か</rt></ruby>」是借入和借出的概念，但使用時必須注意句子的結構，不同的補助動詞（補助動詞就是在原本的動詞後面再添加其他意思，做更為細膩的表達）語意上也會有些微妙的變化，請見例句：

❶ 百円<ruby>を<rt>ひゃくえん</rt></ruby>貸<ruby>して<rt>か</rt></ruby>ください。

請借我一百元。

❷ 百円を貸してくれる？

可以借我一百元嗎？

❸ 百円を貸してもらいたい。

希望你借我一百元。

❹ 百円を貸してあげよう！

我借一百元給你吧！

❺ 百円を貸してほしい。

希望你借我一百元。

❻ 君<ruby>に<rt>きみ</rt></ruby>百円を貸したい。

我想借給你一百元。

❼ 百円を借りてもらう。

別人向我借一百元。

❽ 君に百円を借りたい。

我想跟你借一百元。

❾ 百円を借りてもいい？

我可以跟你借一百元嗎？

❸跟❺意思差不多，只是一個是使用「もらう」，一個使用「ほしい」，❸是指「我希望（能夠得到）你借給我一百元」，❺的意思則是「希望對方做（貸す）這個動作」。而❼的意思是「得到（對方向自己借錢）這件事」。

舉個例子，銀行希望有人跟它借錢，如果成真了，就可以說「借りてもらいました」，表示銀行得到「有人跟它借錢」的這個恩惠，不過大部分的人都不是銀行或放高利貸的，所以這句話基本上用不太到，我們應該是比較希望「貸してもらう」（笑）。

時雨的小叮嚀

族繁不及備載，以上僅提供一些例句作為參考。其中，有牽涉到授受動詞。而授受動詞有時會改變立場，所以會發現有些「貸す」是我借給別人，有些「貸す」卻變成別人借給我。如果不懂為什麼，將會在第 3 卷（P.120）幫助讀者加強「授受動詞」的觀念。

「見える」和「見られる」

前面提到「不能單靠單字表上的意思來學習語言」，這回我們就來看看「見える」和「見られる」的意思！

它們的中文都譯作「看得到、能看到」，那麼差別究竟是什麼？來看看以下解說吧！

> 見える：看得到。無關人是否想看，自然就能映入眼底的情況（沒有遮蔽物、視力正常）。
>
> 見られる：可以看。以想看作為前提，但需具備某種條件才能看到的情況（條件允許）。

★簡易句型

😺 見える：

年をとると老眼鏡をかけないと新聞がよく見えない。（見られない ×）

上了年紀不戴眼鏡的話就看不清楚報紙。

生まれたばかりの赤ちゃんは目が見えない。（見られない ×）

剛出生的小嬰兒眼睛還看不太清楚。

猫は夜でも目が見える。（見られる ×）

貓咪在夜晚也能看得很清楚。

これ、見えますか？

這個，看得見嗎？

▶ 檢查視力時不會說：「見られますか？」

🐾 見られる≒見ることができる：

（富士山が見たい）日本へ行ったら、富士山が見られる。

（想看富士山）到日本的話就可以看到富士山喔。

（その絵が見たい）美術館へ行けば、見られる。

（想看那幅畫）去美術館的話就能看到。

テレビを買った。やっとアニメ新番組が見られる。

買了電視。終於能看動畫新番了。

早く帰らないと、アクション仮面が見られない。

不早點回去的話，就看不到動感假面了。

另外，有些句子也出現「見られる」，但不一定是以想看作為前提。

❶ この島ではよく虹が見られる。
❷ 東の方に亀山島が見られる。

以上，並不是說話者想看的前提下具備的條件，但它是客觀被認定的事實，因此可以用「見られる」）。

中文可以這樣解讀：

❶ 這座島上經常出現彩虹。

❷ 東邊是龜山島。

有些句子則是兩者都可以用，但語感上有點差異。

無關人是否想看，自然就能映入眼底——

ここから星が見える。

這裡有星星。

▶ 一抬頭星星就映入眼裡，沒有雲霧等遮蔽物，能見度良好，視力正常。

以想看作為前提，但需具備某種條件才能看到的情況——

ここから星が見られる。

這裡可以看得到星星。

▶ 其他地方可能看不到，所以當事者就是為了看星星來的，而這裡可以看到星星（條件允許）。

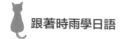

★綜合併用

ここは星が見られるけど、メガネをかけてないので、あまり見えない。

> 這裡可以看到星星，但由於沒戴眼鏡，看不太到。

▶ 當事者為了看星星而來，這裡看得到，但是卻沒戴眼鏡，看不太到。

★快速總結

見える：自然映入眼底。

見られる：條件允許。

「見える」是獨立的自動詞。「見られる」是「見る」轉來的可能形；「見れる」是「見られる」的縮寫。日文稱為「ら抜き言葉」就是把ら省略的意思，雖常可聽到，但非正確用語。

延伸介紹

見る、見つける、見つかる

跟「看」相關的單字還有「見る」、「見つける」、「見つかる」等。

「見る」就是「看（辭書形／原形）」的意思；「見つける」是他動詞，中文譯作「看到、找到、發現」，表示某人執行的動作，因此主語為人。例如：「私は鍵を見つけた」的意思就是「我找到鑰匙」。

「見つかる」是自動詞，主語為被尋找之物，因此中文經常譯作「被找到」。例如「鍵が見つかった」的意思就是「鑰匙被找到了」。但中文不常用物品當作主語，因此常常可以看到翻譯為「找到鑰匙了」、「鑰匙找到了」等，這也是為什麼很多人對於「見つける」和「見つかる」會感到混淆的原因了。

另外，「見つけられる」可以解釋為「可能形（能力形）」，即「能夠找到」的意思，為避免誤會，當要表示「被找到」時，主要還是使用「見つかる」。

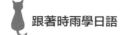

 「聞^きこえる」和「聞^きける」

　　「聞^きこえる」和「聞^きける」雖然在中文翻譯上感覺差不多，但其實意思不太一樣。本篇與上篇〈「見^みえる」和「見^みられる」〉有異曲同工之妙喔！

> 聞^きこえる：聽到。聽力正常的情況下，自然進入耳朵的聲音。所以，聽不聽得到則取決於聽力是否正常，或是聲音的大小。
> 聞^きける：能夠聽到。以「想聽」作為前提，但需具備某種條件才能聽到，且無關聽力正常與否。

★簡易句型

 聞^きこえる：

年^{とし}を取^とったから、あまり聞^きこえない。

年紀大了，耳朵不太靈光。

先生^{せんせい}は声^{こえ}が小^{ちい}さいので、話^{はなし}がよく聞^きこえない。

老師的聲音太小，聽不太清楚。

外^{そと}で足音^{あしおと}が聞^きこえる。

在外面聽到腳步聲。

聞ける：

コンサートのチケットを買えば、その音楽が聞けるよ。

如果買音樂會的入場券，就可以聽到那首音樂喔。

あの店で名曲が聞けるので、よく行きます。

那家店可以聽到有名的音樂曲子，所以我常去。

有些句子兩者都可以用，但是意思不太一樣：

ここで音楽が聞こえます。

在這裡聽到音樂的聲音。

▶ 自然聽見、聽力正常、聲音大小正常。

ここで音楽が聞けます。

這裡能夠聽到音樂。

▶ 為了聽音樂來到這裡，別的地方也許沒有，但這裡有。（條件）

★綜合併用

ここで音楽が聞けるが、年を取ったから、よく聞こえない。

雖然這裡可以聽到音樂，但是上了年紀，聽不太到。

★快速總結

聞こえる：自然聽到／聞こえない：聽力有問題或聲音太小。

聞ける：條件允許／聞けない：條件不允許。

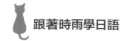 「触る」和「触れる」

「触る」跟「触れる」也是許多人的疑問。

簡而言之，「触る」是「碰觸」，「触れる」是「接觸」的意思。

以下來看看有什麼不同？

> 触る：多為有意的碰觸，用手去觸摸，多用於固體、具體事
> 　　　物上，力道比「触れる」要強，常譯為「碰、碰觸」。
>
> 触れる：多為無意的接觸，不一定是用手，對象除了固體之
> 　　　外也可以是液體、氣體或抽象事物上，力道比「触
> 　　　る」弱一些，多譯為「接觸、摸」。

★簡易句型

 触る：

私の肩を触るな。

不要碰我肩膀。

▶ 別用手碰我肩膀。

ふくらはぎを触ると痛い。

一碰小腿就很痛。

▶ 用手去碰小腿。

熱いので触らないでください。

很燙請勿觸摸。

▶ 別用手去摸它。

触れる：

好きでもない女性とでも、手が触れたらドキッとする。

即使不是喜歡的女生，觸摸到對方的手也會很緊張。

▶ 不小心觸摸到或輕摸的意思。

カバンの角が女性に触れただけで痴漢判定された。

只是包包的一角碰到女生就被判為色狼。

▶ 不是用手的一律用触れる。

政治には触れたくない。

不想接觸政治。

▶ 抽象多為触れる。

	範圍	意識	力道	對象
触る（≒タッチする）	用手	多為有意	偏強	固體、具體
触れる	不限	多為無意	偏弱	不限

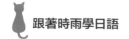

　　另外，還有一個常見的動詞「撫でる」，則是偏向「撫摸、摸摸」的意思。比如說，摸摸頭、摸摸小狗、摸摸小貓等，多用「撫でる」。

「働く」、「勤める」和「仕事する」

　　「勤める」跟「働く」、「仕事する」都可以表示工作，但前者為任職之意，中、後者為工作之意，區別如下：

銀行で働いています。

▶ 在銀行做銀行內部的業務工作，但不一定是銀行的員工。例如，派遣人員。

銀行に勤めています。（注意，助詞是用に）

▶ 在銀行任職的銀行人員，不一定只限於做內部的業務工作。

銀行で仕事しています。

▶ 在銀行這個環境工作的人員，不一定是銀行員工，也不一定做銀行內部業務。例如來修繕銀行的工程人員／來銀行種植樹木的園藝人員。

「お願いする」和「頼む」

「お願いする」和「頼む」都是請求對方做（或不要做）某件事，兩者的意思幾乎是相同的，但若從「文字解析」和「文法解析」上，其語感仍有不同之處。

以下我們來探究看看差別在哪裡吧！

依頼する	
お願いする	頼む

「お願いする」和「頼む」都屬於「依頼する」的一種。「依頼する」為文語，多用於正式場合，而「お願いする」則是「頼む」的謙讓語，也就是比「頼む」更來得客氣有禮。如果以謙讓程度（禮貌程度）來排順序的話，則如下：

依頼します＞お願いします＞頼みます

※ 當使用慣用句時，不需要變更用詞：何卒お願いします（還請您多多指教）。どうぞよろしくお願いします（請多多指教）。

那麼我們再來看看「意思」有沒有差別，為什麼一個要用「願」，一個用「頼」呢？

| 願う (ねが) | 望むこと。 (のぞ) | 即「願望」，如「合格を願う(希望及格)」、「昇進を願う(希望升遷)」。 |
| 頼む (たの) | 頼ること。 (たよ) | 即「依賴」，如「他人に頼る(依賴他人)」、「年金に頼る(依賴年金)」。 |

　　「願う」的原始意思即為「希望～」，所以「お願いします」就是「希望對方做(或不做)某件事」，而「頼む」的原始意思是「仰賴、拜託」，所以「頼みます」就是拜託對方(仰賴對方)的意思。
　　而「依賴する」就是「お願いします」、「頼みます」的最客氣說法，多用於正式場合或商業文書往來。

もう一度お願いします。

請您再說一次。

引っ越しは業者に頼みます。

請搬家公司來搬家。

ご依賴いただきましてありがとうございました。

謝謝您的委託。

「V2 出す」和「V2 始める」

　　「V2 出す」和「V2 始める」（V2 是指動詞第二變化）都是指開始某個動作的意思。例如：「泣き出す・泣き始める」、「降り出す・降り始める」、「食べ出す・食べ始める」等等，我們一起就來看看這其中的差別是什麼吧！

> V2 出す：焦點在於「一開始的那個瞬間」，因此有「突然性」或「意外性」的感覺，多譯為「～起來、～出來」。
>
> V2 始める：主要是描述「從開始一直到之後的持續狀態」，因此多半是事前就知道會發生的事或是不會讓人感到意外的事，並且有持續一段時間的感覺，譯為「開始～」。

★簡易句型

 V2 出す：

彼女は突然泣き出した。

她突然哭了出來。

昼を過ぎた頃に小雨が降り出した。

中午過後下起了小雨。

彼は急に、別れたいと言い出した。

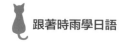

他突然說要分手。

▶ 說出口。

🐾 V2 始(はじ)める：

映画(えいが)が始(はじ)まり暫(しばら)くすると、彼女(かのじょ)は泣(な)き始(はじ)めた。

電影剛開始沒多久，她就開始哭了。

彼女(かのじょ)が泣(な)き始(はじ)めたら何(なに)を言(い)っても終(お)わらない。

一旦她開始哭，不管說什麼都沒有用。

雨(あめ)が止(や)んだと思(おも)ったらまた降(ふ)り始(はじ)めた。

雨才剛停而已，馬上又開始下了。

V2 始(はじ)める的第3個例句的「～と思(おも)ったら」是 N2 文法，意思是才剛剛看到這樣的景象馬上就發生後項內容，多譯為「剛～馬上就～」；日文也可用「～と思(おも)うと（緊湊性更強）」來表示。例如：「雷(かみなり)が鳴(な)ったかと思(おも)うと、忽(たちま)ち雨(あめ)が降(ふ)り出(だ)した。（才剛打雷馬上就下雨）」。但如果前後文的意思完全相反，則表示「以為」的意思，像例句3的「雨(あめ)が止(や)んだかと思(おも)ったら、まだ降(ふ)っている。（我以為雨已經停了，結果還在下）」。

時雨的小補充

★兩者比較

「～出す」含有意外的感覺，並強調動作的瞬間，但無法表現出「持續」的動作，像是，小寶寶沒事突然哭了就可以用「泣き出した」（但聽不出來是否哭很久）來表達。

而「～始める」則是這個動作的發生並不讓人感到意外，或是本來就知道大概這時候會發生，並且可以描述「動作的持續性」。例如，小寶寶每天下午 3 點都會哭，果然今天到了下午 3 點時他又哭了，就可以說：「また泣き始めた」。

參考以下圖片所示會更清楚這兩者的不同喔！

泣き出す　　　　　　　　　　　　強調瞬間、意外性

泣き始める　　　　　　　　　　　不意外、持續性

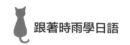

「気にする」和「気になる」

「気にする」和「気になる」最大的差別，與其說是中文意思，不如說是在於自他動詞的表現。

由於「気にする」是他動詞，「気になる」是自動詞，在日語表現上就有明顯的差異。

而「気にする」因為是他動詞，表示可以控制自己的情感，屬於自己在不在意的問題。

「気になる」則相反，是偏向自然引起的情感反應，屬於自己無法控制的情緒。

因此有「気にしないで」（請不要在意／介意）的說法，但沒有「気にならないで」這樣的說法。

> 気にする：介意，對自己內心所想的事情有所掛念。有「気にしないで」的說法。表可以控制的情感。
>
> 気になる：在意，對事物有所掛念。沒有「気にならないで」的說法。表無法控制的情感。

★簡易句型

😺 気にする：

勝負を気にする。

很介意勝敗。

失敗を気にする。

很介意失敗。

そんなことを気にしないで。

別介意那種事。

😺 気になる：

元彼が気になって仕方がない。

很在意前男友。

試験の結果が気になる。

很在意考試結果。

気になることがあればいつでも質問してください。

如果有很在意的事情，隨時可以來詢問。

「ようにする・ようになる」

「よう」是表意量（意向），表示意志或推測，依據不同的接續會有不同的意思。

～ようにする：為了達到前項內容而努力，是一種下決心要培養的習慣。

今日から野菜も食べるようにする。

從今天開始也吃青菜。

毎日、日本語のTV番組を見るようにする。

每天都要看日語的電視節目。

エレベーターがあっても、できるだけ階段を使うようにする。

即使有電梯也盡可能走樓梯。

★如果是已經在進行的長期習慣，則使用「V4＋ようにしている」的形式。

例如：

毎日野菜を食べるようにしています。

我每天都吃青菜。

▶ 長期習慣。

毎日、日本語のTV番組を見るようにしています。

我每天都看日語的電視節目。

▶ 長期習慣。

いつも階段を使うようにしています。

平常都是走樓梯。

▶ 長期習慣。

私は毎日1時間運動するようにしています。

我每天都花一小時在運動。

▶ 長期習慣。

🐾 ～ようになる：表示動作上習慣性的自然演變，
　　多為無能力到有能力的轉換表現。

一歳を過ぎたので、もうすぐ歩けるようになるでしょう。

已經一歲了，應該很快就會走路了吧？

▶ 原本不會走路，變得會走路。

爺ちゃんもやっとパソコンが使えるようになった。

爺爺終於也會用電腦了。

▶ 原本不會用電腦，變得會用電腦了。

毎日練習すれば、すぐに自転車に乗れるようになるで
しょう。

每天練習的話，很快就會騎腳踏車了吧。

▶ 原本不會騎腳踏車，後來變得會騎了。

以上皆為「無能力」到「有能力」的習慣演變。

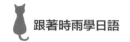

「それから」和「これから」

在這一節,要來幫助大家釐清「それから」與「これから」的差別,同時也會把「そして」、「それで」、「それに」一起帶進來解說。

> それから:意為「之後」;有順序性。但前後句不一定相關,表可追加事項、可列舉東西或行為。時間上比較不緊湊。
> これから:意為「接著」,表未來的時間點。
> それで:意為「因此」,表原因,前後句有因果關係。
> それに:意為「而且」,表補充。
> そして:意為「然後」,有順序性,前後句有相關,表可追加事項、可列舉行為,時間上比較緊湊。

★簡易句型

 それで:

風邪を引きました。それで薬を飲みました。

我感冒了,因此吃了藥。

🐾 それに：

彼は野球が上手です。それにサッカーも上手です。
かれ やきゅう じょうず じょう ず

他的棒球很厲害，而且也很會踢足球。

🐾 そして：

友達は家に来ました。そして、一緒に遊びました。
ともだち いえ き いっしょ あそ

朋友來到家裡了。然後我們一起玩。

顔を洗い、歯を磨き、そして髭を剃った。
かお あら は みが ひげ そ

洗臉、刷牙，然後刮鬍子。

▶ 列舉行為。

🐾 それから：

昨日は小説を読みました。それから、テレビを見ました。
きのう しょうせつ よ み

昨天看了小說。之後，看了電視。

顔を洗い、歯を磨き、それから髭を剃った。
かお あら は みが ひげ そ

洗臉、刷牙，然後刮鬍子。

▶ 列舉行為。

オレンジとイチゴ、それからパイナップルを買ってきました。
か

買了橘子和草莓，還有鳳梨。

▶ 列舉東西。

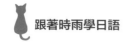
これから：

これからどうするの？

今後／往後／接下來 你打算怎麼辦？

★進階說明

以下再提供一些例句，幫助大家「心領神會」。

おしっこが我慢できません。それで、トイレに駆け込みました。

快忍不住尿意了，因此馬上衝去廁所。

この料理は値段が安く、それに、美味しいです。

這道料理很便宜，而且很好吃。

雨が降っていた。そして、風もひどかった。

下雨了，而且風也很強。

▶ 用「然後」有點怪，以「而且」來看會比較通順。這邊的そして 也可用「それに」。

リンゴとバナナと、それからスイカを買ってきました。

買了蘋果和香蕉，還有西瓜。

▶ 表列舉，「それから」較合適。

手をあらった。そして、歯を磨きました。

洗了手，然後刷了牙。

▶ 表列舉，也可以用「それから」。

當列舉東西時，使用「それから」比較自然，列舉行為時，則兩者都可以。

それで、これからどうするの？（然後呢？接下來你打算怎麼辦？）此處用「然後」來翻譯會比較通順。

由上面例句可知道，中文的「然後」在日文表現上有很多種用法，所以不需要拘泥中文，而是多了解日文本意，在轉換中文時，使用適當的詞彙即可。

時雨的小叮嚀

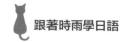

 解析「と・ば・たら・なら」

　　這幾個文法在中文裡的解釋相似度很高，因此本篇提供了詳細的說明與分析，幫助大家理解在日文中使用上的不同。

　　★特徵概述一：
　　「と」：前句成立時，必定產生後句。
　　「ば」：後句的成立取決於「前句的假設」。
　　「たら」：針對動作已經發生之後，提出後句。
　　「なら」：針對動作尚未發生之前，提出後句。

　　★特徵概述二：
　　「と」、「ば」皆可用以表示「恆常的必然條件」。
　　「たら」可用以表示「發現」。
　　「なら」通常為「針對已知部分」做結論。

　　★進階說明

　　首先，我們分成「と・たら」和「ば・なら」來看，「と」和「たら」的後句可以是過去式，而「ば」和「なら」的後句不能是過去式。

　　請看以下這個例子：

○ 部屋で本を読むと、友達が来ました。

　　在房間看書時，朋友來了。

○ 部屋で本を読んだら、友達が来ました。

在房間看書時，朋友來了。

× 部屋で本を読めば、友達が来ました。

如果要看書，朋友來了？？

× 部屋で本を読むなら、友達が来ました。

如果要看書，朋友來了？？

▶ 第 1 句的「と」屬於「前句成立之時，後句立即成立」的用法。

而第 2 句的「たら」屬於「發現」的用法。

接下來，看到「たら」和「なら」的差別。

「なら」的性質跟「と・ば・たら」有點不太一樣，因為通常是用於建議、勸告、希望、命令等。

「なら」跟「たら」的差別在於，「なら」是假設前句如果要發生的話，則有「後句的結果」。「たら」則是假設前句已經發生的話，則有「後句的結果」。

★簡易例句

富士山に登るなら、富士宮ルートがおすすめです。

如果要登富士山的話，我推薦走富士宮線。

▶ 假設要爬山的話（爬山之前），建議走富士宮線。

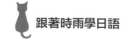

富士山に登ったら、頂上で高山病になる恐れがある。

如果登上了富士山，在山頂上可能會得高山症。

▶ 假設已經爬上山了（爬山之後），在山頂上可能會有高山症。

ご飯を食べるなら、手を洗ってください。

要吃飯的話，請先洗手。

▶ 假設要吃飯的話（吃飯之前），請洗手。

ご飯を食べ終わったら、お皿を洗ってください。

飯吃完的話，請洗碗。

▶ 假設飯已經吃完了（吃飯之後），請洗碗。

由上述可知，「なら」是針對動作尚未發生之前，提出後句。而「たら」則是針對假設動作已經完成，提出後句。

我們再來仔細看一下「なら」這個句型，「なら」的後句通常為建議、勸告、希望、命令等。

例句：

遠いならバスで行きましょう。

如果很遠的話就搭公車去吧。

嫌ならやめてもいいですよ。

如果不要，可以拒絕沒關係喔。

図書館へ行くなら、自転車が便利です。

如果要去圖書館，騎腳踏車會很方便。

※「なら」的前面可以加上「の」、「ん」，意思差別不大。
　　例句：図書館へ行くのなら、自転車が便利です。

再來，看到「と」與「たら」，這兩者都有「發現」的用法。
來看以下例句：

例 A

1. 家に帰ると、両親は寝ていました。
2. 家に帰ったら、両親は寝ていました。

回到家時，發現父母都已經睡了。

例 B

1. 朝起きると、体がガチガチに固まっています。
2. 朝起きたら、体がガチガチに固まっています。

早上起來時，發現身體僵硬得不得了。

最後看到「ば」的用法，多表示為期望。來看個例子：
○ 教科書を読むと、眠くなります。

　一看課本就想睡。
○ 教科書を読んだら、眠くなります。

　看了課本就想睡。

× 教科書を読めば、眠くなります。

如果看課本，就可以想睡覺？？

○ 教科書を読めば、合格できる。

念書就會及格。

上句也適用於：後句的成立取決於「前句的假設」的用法。

教科書を読めば、合格できる。

念書就會及格。

▶ 要及格的話（假設）➡ 必須念書（條件）。

★快速整理

如果難以區分「と・ば・たら・なら」的差別，那最快的方法就是：使用範圍最廣的文法：たら。

「たら」是應用範圍最廣的文法，它最大的特徵就是「過去式」（假設事情已經發生）。因此，若是用於假設尚未發生就改用「なら」，否則就是用「たら」最為保險。

○ 見るとわかる。

看了就知道。

○ 見たらわかる。

看了就知道。

○ <ruby>雨<rt>あめ</rt></ruby>がやめば<ruby>出<rt>で</rt></ruby>かけます。

雨停就出門。

○ <ruby>雨<rt>あめ</rt></ruby>がやんだら<ruby>出<rt>で</rt></ruby>かけます。

雨停就出門。

○ <ruby>富士山<rt>ふ じ さん</rt></ruby>に<ruby>登<rt>のぼ</rt></ruby>るなら、<ruby>富士宮<rt>ふ じ の みや</rt></ruby>ルートがおすすめです。

如果要登富士山，建議走富士宮線。

× <ruby>富士山<rt>ふ じ さん</rt></ruby>に<ruby>登<rt>のぼ</rt></ruby>ったら、<ruby>富士宮<rt>ふ じ の みや</rt></ruby>ルートがおすすめです。

如果已經登上了富士山的話，建議走富士宮線？？

　以上只是提供便捷的方法，但不是百分之百都適用，有些句子雖然文法可能沒有錯，卻不太自然，因此要自然運用的話，還是建議多閱讀句子。

　例如，上述提到的句子：<ruby>教科書<rt>きょう か しょ</rt></ruby>を<ruby>読<rt>よ</rt></ruby>めば、<ruby>合格<rt>ごう かく</rt></ruby>できる。（念書就會及格）這句雖可使用「たら」，卻不太自然。

　而其他像是表恆常條件，則是用と或ば。恆常條件包含：自然現象、數學定理、合乎常理、個人習慣等。

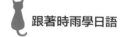

「には」和「では」

　　相信大家都學過「に」表示靜態動作的場所，如「猫が部屋に
いる」。

　　「で」則表示動態動作的場所，如「猫が部屋で遊ぶ」。

　　一般來說，具有「存在性質」的動詞用「に」；而具有「動作
性質」的動詞用「で」。

　　接著就來看一下簡易例句吧！

★簡易例句

🐾 に：

私は台湾に住んでいます。（で ×）

我住在台灣。

花が庭に咲いています。（で ×）

花在庭院開著。

部屋に猫がいます。（で ×）

房間裡有貓。

🐾 で：

図書館で勉強します。（に ×）

在圖書館讀書。

<ruby>運動場<rt>うんどうじょう</rt></ruby>でサッカーをしています。（に ×）

在操場上踢足球。

プールで<ruby>泳<rt>およ</rt></ruby>いでいます。（に ×）

在游泳池游泳。

不過，有時候卻會看到模稜兩可的動詞，類似這樣的句子：

この<ruby>建物<rt>たてもの</rt></ruby>には、<ruby>新<rt>あたら</rt></ruby>しい<ruby>工法<rt>こうほう</rt></ruby>が<ruby>用<rt>もち</rt></ruby>いられた。

這棟建築物是採用最新的工法。

この<ruby>建物<rt>たてもの</rt></ruby>では、<ruby>新<rt>あたら</rt></ruby>しい<ruby>工法<rt>こうほう</rt></ruby>が<ruby>用<rt>もち</rt></ruby>いられた。

這棟建築物是採用最新的工法。

以上兩者都正確，差別在哪裡呢？

當遇到兩者都可以用的句子時，先回歸最原始的意義：

「に」：強調「存在的場所」。

「で」：強調「動作或事件發生的場所」。

因此例句中的「に」的重點是存在場所，也就是「<ruby>建物<rt>たてもの</rt></ruby>」，而「で」的重點是動作發生的場所，也就是「<ruby>用<rt>もち</rt></ruby>いられた」。

この<ruby>建物<rt>たてもの</rt></ruby>には、<ruby>新<rt>あたら</rt></ruby>しい<ruby>工法<rt>こうほう</rt></ruby>が<ruby>用<rt>もち</rt></ruby>いられた。

在這種建築物裡，我們使用了最新工法。

この<ruby>建物<rt>たてもの</rt></ruby>では、<ruby>新<rt>あたら</rt></ruby>しい<ruby>工法<rt>こうほう</rt></ruby>が<ruby>用<rt>もち</rt></ruby>いられた。

在這棟建築物裡，我們採用了最新工法。

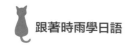

　　基本上差異很小，不需要太在意兩者的差別，簡單來說「に」就是存在位置，「で」就是動作或事件發生的位置。

　　「では」還有一個特別用法：

日本<ruby>日本<rt>にほん</rt></ruby>では<ruby>食<rt>た</rt></ruby>べ<ruby>歩<rt>ある</rt></ruby>きしてはいけないです。（に ×）
<ruby>台湾<rt>たいわん</rt></ruby>ではバイクで<ruby>通勤<rt>つうきん</rt></ruby>するのが<ruby>一般的<rt>いっぱんてき</rt></ruby>です。（に ×）

　　像這樣「國家、都市、鄉鎮」等＋「では」後面接一般描述，無關靜態動詞還是動態動詞，這樣的表現是「強調這個地方的事情或特色」，且多半與其他地方不同，「日本<ruby>日本<rt>にほん</rt></ruby>では」就是「在日本（這個國家）」的事情或特色，所以「日本<ruby>日本<rt>にほん</rt></ruby>では<ruby>食<rt>た</rt></ruby>べ<ruby>歩<rt>ある</rt></ruby>きしてはいけないです」表示「在日本，不可以邊走邊吃」。

　　「<ruby>台湾<rt>たいわん</rt></ruby>ではバイクで<ruby>通勤<rt>つうきん</rt></ruby>するのが<ruby>一般的<rt>いっぱんてき</rt></ruby>です」表示「在台灣，騎機車通勤很普遍」。

　　然而，有沒有「は」的差別只在於「強調」的強度而已。

▶ <ruby>台湾<rt>たいわん</rt></ruby>で<ruby>有名<rt>ゆうめい</rt></ruby>な人：台灣有名的人物（單純指出這個國家的有名人物）。

▶ <ruby>台湾<rt>たいわん</rt></ruby>では<ruby>有名<rt>ゆうめい</rt></ruby>な人：在台灣，有名的人物（強調台灣這個地方的有名人物）。

※ 此處的「で」同時也是「表示某個範圍內形容的人事物」之文法，後面常接「一番」、「最も」，述語為「形容詞或形容動詞」，因此這類的句子不使用「に」。如：「日本で最も有名な人」、「台湾で最も美しい町」、「世界で一番頭がいい人」、「果物の中で一番好きなもの」。

解析「そうだ・ようだ・らしい・みたい」

　　中文的「好像」在日文表現有「そうだ」、「ようだ」、「らしい」、「みたい」四種，其中「そうだ」又分「傳聞」跟「樣態」，由於用法相近，因此也是學習者容易混淆的文法之一，以下就來看看有什麼差別。

> そうだ（傳聞）：將聽來或看到的情報轉述他人。
> そうだ（樣態）：根據眼前景象做出主觀的預測。
> らしい（推量）：根據可靠的客觀情報加以判斷。
> ようだ（比況）：依據自身的感覺做的主觀推斷。
> みたい（比況）：依據自身的感覺做的主觀推斷。

　　下方的表格，更有助理解。

　　「🐾」代表成分高，沒有「🐾」是成分低或者沒有：

基準	そうだ（傳聞）	そうだ（樣態）	らしい	ようだ	みたい
主觀		🐾		🐾	🐾
客觀	🐾		🐾		
傳聞	🐾		🐾		
自覺				🐾	🐾

＊「みたい」跟「ようだ」一樣，只是「みたい」較偏向口語。

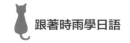

★簡易例句

🐾 そうだ（傳聞）：

將聽到或看到的情報（例如某人說或報紙上說），將這份情報直接傳達給他人。文型上經常和「によると」相呼應。中文譯作「聽說」。

例如：

早上看新聞，天氣預報說明天會下雨，這時候便可說：

天気予報によると、明日は雨が降るそうです。

根據天氣預報，聽說明天會下雨。

🐾 そうだ（樣態）：

根據眼前看到的景象，對即將發生的事做出主觀的預測。

例如：

現在的天空烏雲密布，遠方雲霧不見山頭，不時雷鳴作響，看這情況八成是要下雨了。這時候便可說：

雨が降りそうです。

好像快下雨了。

※ 注意是眼前景象，如果人在台北說高雄好像要下雨，就不可以用「降りそうだ」，因為沒看到怎麼知道？如果是看電視或是從朋友那聽到的，要改為傳聞的「降るそうだ」，或者是客觀條件（情報）的「降るらしい」。

らしい（推量）：

將聽到或看到的的外在情報（如新聞、朋友說的）或景象做的客觀推斷，但自己判斷的成分較少（就是比較客觀的意思）。

【外在情報】早上看新聞，天氣預報說明天會下雨，這時候便可說：

天気予報によると、明日は雨が降るらしいです。

根據天氣預報，明天好像會下雨。

山田さんによると、高雄は今雨が降っているらしいです。

山田先生說，高雄現在好像在下雨。

【景象】看到地上濕濕的，可能是因為剛剛有下雨。這時候便可說：

さっき、雨が降ったらしいです。

剛剛好像有下雨。

ようだ（比況）：

根據外來的情報（例如聽到或看到），或者以自己的經驗或感覺作為依據，對這個依據做出主觀的推斷。

例如：

今天的天空陰陰的，周圍濕氣很高，根據過往的經驗及自己的感覺，猜想明天大概會下雨吧。這時候便可說：

明日は雨が降るようです。

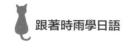

明天大概會下雨。

＊補充：更常見的說法是「明日は雨のようです。」

🐾 みたい（比況）：

基本上就是「ようだ」的口語，只是「みたい」只有「主觀推測」、「比喻」、「舉例」三個用法。不能用在「狀態演變」、「祈願」等其他用法上。

表示狀態演變：囲碁が打てるようになった。（變得會下圍棋了）
表示希望祈願：日本語能力試験 N1 に合格するように。（希望能考到日檢 N1）

以上可以用「ようだ」，不可用「みたい」。

× 囲碁が打てるみたいになった。

× 合格するみたいに。

★進階例句

以上是各用法的特徵介紹，但你會發現，有些其實相通、可以互換的。

例如：

🐾 傳聞的「そうだ」跟「らしい」相通之處：
天気予報によると、明日は雨が降るそうです。

▶ 聽說。

天気予報によると、明日は雨が降るらしいです。

▶ 客觀條件。

🐾 ようだ跟らしい相通之處：
誰か来たようです。

▶ 主觀成分高。

誰か来たらしいです。

▶ 客觀成分高。

🐾 樣態的「そうだ」跟「ようだ」相通之處：
雨が降りそうだ。

▶ 眼前即將發生的預測。

雨が降るようだ。

▶ 自身經驗感覺的猜想。

　　「そうだ」有即將發生的急迫性；「ようだ」則是根據經驗或感覺做的判斷，沒有急迫性。

っぽい・らしい・みたい

「っぽい」是很常見的用詞，跟「みたい」很接近，差別是「っぽい」具有「強烈的〇〇傾向」，比如說「怒<ruby>怒<rt>おこ</rt></ruby>りっぽい（易怒傾向）」、「<ruby>男<rt>おとこ</rt></ruby>っぽい（行為舉止像個男人）」。

以「<ruby>子供<rt>こ ども</rt></ruby>」為例，來看看差別：

<ruby>子供<rt>こ ども</rt></ruby>っぽい：像個小孩一樣。（行為舉止像個孩子）

<ruby>子供<rt>こ ども</rt></ruby>らしい：小孩有小孩的樣子。（符合期待）

<ruby>子供<rt>こ ども</rt></ruby>みたい：像個小孩一樣。（比喻用法）

「っぽい」多伴隨負面意思，例如「<ruby>子供<rt>こ ども</rt></ruby>っぽい」就是指好好一個大人卻沒有大人該有的行為，做事情像個小孩一樣，心智年齡不符合實際年齡。不過並不是所有句子都是負面意思，因為「っぽい」本身並不帶有褒貶之意，只是跟「らしい」比起來，「っぽい」較常使用於負面情況，因此多伴隨負面意思。

<ruby>男<rt>おとこ</rt></ruby>っぽい：（女孩子）行為舉止像個男孩子（不符合期待）。

<ruby>男<rt>おとこ</rt></ruby>らしい：（男孩子）有男孩子的樣子（符合期待）。

<ruby>男<rt>おとこ</rt></ruby>みたい：像個男孩子（比喻用法，無關褒貶）。

「それで」和「そこで」

　　「それで」與「そこで」長得很像，但有什麼不同呢？藉著以下的說明，我們一起來看看！

★簡易例句

接續詞 それで

私は最近、タバコをやめました。それで健康になりました。

我最近戒了菸，因此變得健康了。

▶ 基於前項理由自然產生的後項結果，多譯為：「因此、所以（≒そのために、それだから）」。

雨が降りました。それで、試合は中止になりました。

下雨了，因此比賽中止了。≒ので

▶ 為了延續話題的接續詞，多譯為「然後、所以（≒そして）」。

會話例

A:「明日、試験がある。」

明天有考試

B:「それで？」

然後呢？

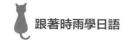

A：「今日は早く帰って勉強したい。」

　　我想早點回去念書

這裡為催促下文的表現，屬慣用說法，不會使用「そして」。

口語中經常省略成「で」，例如：

A：「明日、試験がある。」

　　明天有考試

B：「で？」

　　然後呢？

A：「今日は早く帰って勉強したい。」

　　我想早點回去念書

🐾 接續詞 そこで

足をケガした。そこで病院へ行くことにした。

脚受傷了。因此（為此）決定去醫院。

▶ 針對前項內容，做出後項結果，多譯為：「為此、因此、於是
（≒そういうわけで）」。

そこで、次の実践をご紹介したい。

接下來，我想介紹以下的實際作法。≒さて

▶ 轉換話題，多譯為「接下來、那麼（≒さて）」。

渡部さんは楽屋へ行った。そこで児島さんと話を始めた。

渡部先生去了休息室，在那裡和兒島先生聊起話來。

▶ 於該地點做動作。即「そこ（該處）＋で（表動作場所）」。

そこで諦めちゃだめだよ。

不可以在這時候放棄呀！≒このときに

▶ 表當下的時刻，多譯為「此時、這時候（そのとき）」。

★差異比較

在表示「因為～所以」當中，「それで」和「そこで」的用法相似，以下針對這兩者說明：

> それで：前後文較具有因果關係。A 原因 > 自然產生 > B 結果
>
> そこで：較無因果關係，偏向解決手段。A 原因 > 為了解決而產生 > B 動作

接下來我們用「病気になった」的例子來看看有什麼樣的差異：

病気になった。それで、病院に行った。

生病了。所以去醫院。

▶ 生病 > 自然產生 > 去醫院的結果。

病気になった。そこで、薬を飲んだ。

生病了。因此吃藥。

▶ 生病 > 為了解決 > 吃藥。

★再多看一些句子

在表示「因為～所以」當中，「それで」和「そこで」的用法相似，以下針對這兩者說明：

○ 病気になった。それで、薬を飲んだ。

生病 > 自然產生 > 吃藥這個動作。

○ 病気になった。そこで、薬を飲んだ。

生病 > 為了解決 > 吃藥。

○ 病気になった。それで、病院に行った。

生病 > 自然產生 > 去醫院的結果。

○ 病気になった。そこで、病院に行った。

生病 > 為了解決 > 去醫院。

○ タバコをやめました。それで健康になりました。

戒菸 > 自然產生 > 健康的結果。

× タバコをやめました。そこで健康になりました。

戒菸 > 為了解決 > 變健康？

※ 在口語表現上較常使用「から」，像是「病気になったから、病院に行った。」

時雨的小叮嚀

「それで」跟「そこで」相比的情況，「それで」的應用範圍較廣，因此多可互換。如不確定如何使用，用「それで」基本上不會有問題。

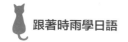# 「から」和「ので」

「から」跟「ので」都是表示「原因、理由」，不過口氣上「から」比「ので」要來得強硬且主觀。當面對上司或長輩時，建議使用「ので」較客氣。

以下來看看這兩者的差別吧！

から	主觀	感性	較無因果關係
ので	客觀	理性	因果關係較強

情境 A

先生：どうして遅刻したんだ？

　　　為什麼遲到了？

生徒：電車が遅れたから、遅刻したんです。

　　　因為電車來遲了啊，所以才遲到。

▶ 是電車的錯，我有什麼辦法！

情境 B

先生：どうして遅刻したんだ？

　　　為什麼遲到了？

生徒：電車が遅れたので、遅刻しました。

　　　因為電車來遲，所以遲到了。

▶ 雖然電車來遲了，但我也有錯。

　　雖然以上都是在找藉口，不過情境 A 的回答一定會被臭罵一頓。這是因為，「から」帶有主觀且強硬的理由，一副「就是這樣，有意見嗎？」。而情境 B 是較為客觀說明原因理由，表示「遲到」的原因跟「電車來遲」有因果關係，較沒有推卸責任的語氣。

★簡易例句

藤原同學因為感冒，所以請假。
藤原さんは風邪を引いたので、学校を休みました。（○）
藤原さんは風邪を引いたから、学校を休みました。（×）

　　上句是客觀說明藤原沒來的原因（感冒 ➡ 請假），下句就不太自然，會變成藤原請假是理所當然的。

　　由於「ので」偏向客觀地說明前因後果，因此在大部分的情況下，使用「ので」會較來的委婉、客氣，但並不是所有的情況都可以用「ので」，以下舉三個注意事項：

一、「ので」後面不接「です」。
○：好きだからです。
×：好きなのでです。

　　因為我喜歡。

▶ 「ので」後面多半還有下文，如沒有出現下文則表示省略。

○：好きなので、買いました。

　　因為我喜歡，所以買了。

○：好きなので…（後面省略）

　　因為喜歡……

二、「ので」不用在命令或禁止的情況。

○：間に合わないから早く行け！

×：間に合わないので早く行け！

　　趕不上了，快點給我去！

三、不具有合理性的因果關係宜用「から」。

○：月が出ているから、明日も晴れるだろう。

×：月が出ているので、明日も晴れるだろう。

　　月亮出來了，明天應該也會放晴吧。

▶　「月亮出來」並不是造成「放晴」的「因」，因此不具有合理的因果關係，這時候宜用「主觀判斷」的「から」。

「ところで」和「ところが」

「ところが」和「ところで」只差一個字，但是意思不同。

我們先來看「ところ」原本的意思是「部分、段落」，當動詞過去式「た」＋「ところ」就是表示完成某個動作，告一個段落，再加上逆接的「が」就是指後句發生的事情與預期不同，且比「でも、しかし」要來得更出乎意料，多伴隨遺憾、不滿的心理。

而「ところで」則是「即使～／縱然～」的意思，跟「ても」相似，但「ところで」多用於負面、否定，表示無論前項做什麼事情，也不會有理想的結果。

> ところが：（沒想到）卻～
> ところで：即使～／縱然～

★簡易句型

 ところが：

あんなに勉強したところがテストに出なかった。

我那麼用功念書，結果卻沒有考出來。

ローンで家を買ったところが、地震で家が倒壊してしまった。

貸款買了房子，沒想到卻因為地震倒塌了。

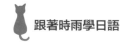

😺 ところで：

もうこれ以上議論_{いじょうぎろん}したところで無駄_{むだ}だ。

再這樣討論下去也沒有意義。

何_{なに}を言_いったところで何_{なに}も変_かわらない。

不管說什麼都不會改變的。

▶ ところで還有另一種意思，當放在句首時表示轉換話題，多譯
為「順道一提、話說回來」等，例如「ところで、あいつどうし
た？」（話說回來，那傢伙怎麼樣了？）。

🐱 「気分_{きぶん}」、「機嫌_{きげん}」和「気持ち_{きも}」

日文常見的問題之一便是「心情」的表現了，跟心情有關的日
文有「気分_{きぶん}」、「機嫌_{きげん}」以及大家最熟悉的「気持ち_{きも}」了，不過「心
情的好壞」是用「気分_{きぶん}」或「機嫌_{きげん}」，而「気持ちいい_{きも}」是指生理
上的舒服（如按摩），「気持ち悪い_{きも わる}」則是感到不舒服（例如，覺
得小強很噁心、或是頭暈想吐）。

😺 気分_{きぶん}：

気分_{きぶん}がいい：指心情上的愉悅、爽快。

気分_{きぶん}が悪_{わる}い：指健康上的不舒服（如頭痛）或對某件事感到生氣。

😺 機嫌 (きげん)：

機嫌 (きげん) がいい：指心情好（多用在他人身上）。

機嫌 (きげん) が悪 (わる) い：指心情不好、生氣（多用在他人身上）。

😺 気持 (きも) ち：

気持 (きも) ちがいい：指身體上的舒服，例如：按摩。

気持 (きも) ちが悪 (わる) い：多用在心理上的不舒服，如蟑螂很噁心；也可以用在生理上的噁心，如喝酒喝過頭，覺得不舒服。

★簡易句型

😺 気分 (きぶん)：

天気 (てんき) が良 (よ) いので気分 (きぶん) が良 (よ) い。

今天好天氣，心情真好。

今日 (きょう) は酒 (さけ) を飲 (の) みたい気分 (きぶん) だ。

今天很想喝酒。

▶ 心情上想這樣做

あんな奴 (やつ) に騙 (だま) されて、気分 (きぶん) が悪 (わる) い。

被你這種傢伙騙，真惱人。

＊身體不適也可以用「調子 (ちょうし) が悪 (わる) い」。

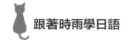

🐾 機嫌:

是從外觀上察覺到的心情，因此多半用在他人身上，鮮少用在自己身上。

今日は機嫌が良いね。何か良いことあったの？

你看起來心情很好呢，有什麼好事嗎？

あの人は気難しい人だから、機嫌を損ねないように。

那個人很難搞，最好不要得罪他。

ご機嫌よう！

你好／祝順安。

🐾 気持ち:

靴が湿っていて気持ち悪い。

鞋子濕濕的感覺不舒服。

▶ 生理方面。

ヘビは気持ち悪いから嫌いだ。

我覺得蛇很噁心所以討厭。

▶ 心理方面。

足裏マッサージは気持ち良い！

腳底按摩很舒服！

▶ 生理方面。

<ruby>飲<rt>の</rt></ruby>みすぎて<ruby>気持<rt>き も</rt></ruby>ち<ruby>悪<rt>わる</rt></ruby>い。

喝太多了覺得不舒服。

▶ 生理方面。

「<ruby>気持<rt>き も</rt></ruby>ちがいい／<ruby>悪<rt>わる</rt></ruby>い」經常省略「が」，而唸作「<ruby>気持<rt>き も</rt></ruby>ちいい」或「<ruby>気持<rt>き も</rt></ruby>ち悪い」。另外，還有更精簡的字：「きもい」就是「<ruby>気持<rt>き も</rt></ruby>ち<ruby>悪<rt>わる</rt></ruby>い」的意思。

而單獨一個「<ruby>気持<rt>き も</rt></ruby>ち」單字，中文是「心情、心意」，但跟心情好不好沒有關係，例如：「<ruby>私<rt>わたし</rt></ruby>の<ruby>気持<rt>き も</rt></ruby>ち<ruby>分<rt>わ</rt></ruby>かる？」（你了解我的心情嗎？）、「ほんの<ruby>気持<rt>き も</rt></ruby>ちです」（一點小小的心意）。但如果是搭配「<ruby>嬉<rt>うれ</rt></ruby>しい<ruby>気持<rt>き も</rt></ruby>ち」或「<ruby>悲<rt>かな</rt></ruby>しい<ruby>気持<rt>き も</rt></ruby>ち」則可以表示「開心的心情」、「悲傷的心情」。

「<ruby>気分<rt>き ぶん</rt></ruby>がいい」在不同句子上的意思會跟中文稍有不同（例如：涼風吹來很舒爽 ≠ 中文的心情好），但一般中文說的「心情好」也可以用「<ruby>気分<rt>き ぶん</rt></ruby>がいい」、「いい<ruby>気分<rt>き ぶん</rt></ruby>」來表示。所以，中文的「轉換心情」在日文裡就是「<ruby>気分転換<rt>き ぶんてんかん</rt></ruby>」，而非「<ruby>気持転換<rt>き も てんかん</rt></ruby>」喔！

時雨的小補充

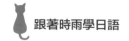

「知る」和「分かる」

　　「知る」跟「分かる」都可以譯為「知道」，在中文表現上似乎沒有差別，但日文則分為「獲取訊息」與「理解訊息」。

　　在日本，對於學習方式有一種說法：「知る→分かる→出来る→教える」，從這個觀念可以清楚知道它們的分別，也就是「知道（新訊息跑進腦袋）→了解（理解這個訊息）→學會（能夠活用）→教導（教予他人）」，以下我們就來看看「知る」跟「分かる」的差異吧。

> 知る：
> 用於獲得的知識、情報或經驗。助詞用「を」；可用於「受身」（知られる）、「希望」（知りたい），與「可能」（知ることができる）。
>
> 分かる：
> 表示理解、搞懂。助詞用「が」；不可用於「受身」（わかられる）、「希望」（わかりたい），與「可能」（わかることができる）。

　　以下例子兩種都可以用，但意思不太一樣：

使い方を知らないので教えてください。

我不知道使用方法，請告訴我。

使い方が分からないので教えてください。

我不懂使用方法，請告訴我。

▶ 例句一是完全沒聽過使用方法，不知道操作。而例句二是已經知道使用方法了，但還是不懂。

因此有「知る」到「分かる」這樣的過程，但是沒有「分かる」到「知る」這樣的過程。

例：様々な生物が知られているが、その生態はまだよくわかっていない。

許多生物是廣為人知的，但對其生態卻不是很瞭解。

而當問別人「你知道嗎？」時，要用「知っていますか ○」而不是「知りますか ✖」。

「知る」的否定為「知りません ○」（我不知道），而不是用「知っていません ✖」。

「分かる」則是都可以用。「ている」型態則是表示早就知道的事情。「分かっている」（早就知道）、「分かっていない」（無法理解）。所以，對於對方的指導，只可以「分かりました」（我知道了），而不建議用「分かっています」（我早就知道啦） 可能會遭到白眼喔～

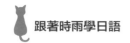
分_わかる		知_しる	
提問	回答	提問	回答
分_わかりますか	分_わかります	×（無此用法）	———————
	分_わかりません		———————
分_わかっていますか	分_わかっています	知_しっていますか	知_しっています
	分_わかっていません		知_しりません

最後補充一點有趣的，也許有人聽過日劇或動漫上出現某個角色跟人吵架完後，生氣地說：「知_しらない！」這裡的原意是「我不知道啦」，可以衍伸為：「我不管了啦！」因為氣到不想知道，所以就是不想管了，不想理會對方的意思。

もう知_しらない、好_すきにしろ。

我不管了，隨你高興。

「つまらない」、「退屈」和「くだらない」

つまらない、退屈、くだらない這三者在中文解釋上都是「無聊」，而日文語意上則有所分別。以下，我們就來看看差別在哪裡吧！

つまらない ≒ 面白くない（boring）

形容詞

「つまらない」一詞是由「つまる」的否定形「つまらない」而來的。

「つまる」的原始意義是指有如結局般的結束、了斷，猶如推理小說最終水落石出，讓人看得津津有味。換言之，「つまらない」就是沒有結局，意猶未盡，延伸出「索然無味、無聊」之意。所以，如果看一本漫畫，看到想睡著，一點都不有趣，覺得這本漫畫很無聊，那麼就可以說「この漫画はつまらない」。

退屈 ≒ 暇（bored）

形容動詞

「退屈」是來自佛教用語，歷經苦行筋疲力盡，修練之心開始消退（後退する），精神也逐漸委靡不振（萎えて屈する），最後產生了想要脫離苦海的念頭，因此乾脆撒手不做，成天無所事事，打發時間。因而衍伸成了「無聊」一詞。所以如果手邊沒有漫畫，覺得很無聊，也不知道要做什麼，那麼就可以說「たいくつ」。

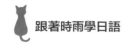

　　另外，「退屈」有因為太閒而感到困擾的含意，因此會想找事做，如果沒有事情可做就很無聊，而「暇」則是單純閒閒的、有空的意思，悠悠哉哉在家裡滾來滾去就是「ひま」。

🐾 くだらない ≒ 価値がない（worthless）

形容詞

　　「くだらない」是「下る」的否定形「くだらない」而來的。

　　「くだらない」的由來眾說紛紜，有一說法是古代時從北方運往都市江戶的上等好物，因路徑為南下（下る），因此稱為「下りもの」，而江戶附近的「非南下之物（下らないもの）」多半則被視為下一品的低等物品，因此才有了「くだらない（不是北方送來的好物）」的戲稱，後來衍伸為「沒有價值的東西」。

　　另有一說，「下る」本身帶有「通じる」的意思，也就是「理解、相通」之意，「下らない」就是「無法理解、無法相通」的意思，衍伸為「沒有意義（意味がない）」，沒有意義就沒有價值：「沒有價值（価値がない）」。

★快速整理

　　在此，我們用例句快速整理一下這三者不同的語感。
つまらない人生。

無趣的人生。

つまらない授業だな。

這堂課真無聊啊！

退屈な人生。

平淡無聊的人生。

退屈だなあ、なにをしようかな。

好無聊喔，要來做什麼好呢？

くだらない人生。

毫無意義的人生。

あいつはまた、くだらないことでケンカした。

那傢伙又為了無聊小事而打架。

時雨的小叮嚀

上述的「つまらない授業」就是老師的課很無趣，講話都像催眠曲。
「退屈な授業」就是這堂課很無聊，讓人不禁想找事情做以打發時間，如滑手機、看小說。
而「くだらない授業」就是這堂課根本連價值都沒有，師資是怎麼聘來的都讓人懷疑，或是受課者認為這堂課對他一點意義都沒有。

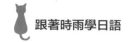

延伸介紹　常見的「謝謝」與「我知道了」現在形與過去形，意思不大一樣？！

日文的「謝謝」跟「我知道（了）」有分「過去式」和「非過去式」，由於中文並沒有分時態，因此學習者常常搞不清楚過去式和非過去式的差別。

以下，就來看看日文的「謝謝」及「我知道（了）」在時態表現上，有什麼不一樣的地方囉！

ありがとうございます V.S. ありがとうございました

最基本的概念，仍是在時態問題上，一個是「當下」的感覺，一個則是「過去」的感覺。

ありがとうございます：
當下得到對方的幫助，予以感激。

例：有人要讓座給你 → 正要坐 → 當下謝謝時。

ありがとうございました：
對於先前或稍早不久前的事情，給予感激。

例：有人要讓座給你 → 坐下後 → 對剛剛他讓座的事情道謝。

當然以上是舉例，同樣狀況擇一即可。

也就是，端看話者對於感激的時機是取決於什麼時候，當感激的事情還是處於當下時就可以用「ありがとうございます」。但如果感激的事情感覺已經過去了，就可以使用「ありがとうございました」。

而「ありがとうございます」有一種持續感激、未完，還有下文的語感。

例：ありがとうございます。あ、これ知っていますか？……

謝謝，啊，你知道這個嗎？……

「ありがとうございました」則是有一種過去、完了、道別、結束的語感。

例：ありがとうございました。失礼します。

謝謝，再見。

🐾 わかります V.S. わかりました

常常也可以聽到「わかります」跟「わかりました」，中文解釋上都叫做「我知道／我知道了」，究竟有什麼區別呢？

わかります：這件事情原本已經知道，回答別人：「我知道」。

わかりました：這件事情是透過別人告知才了解，回答別人：「我知道了」。

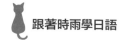

看個例句更清楚──

❶ この数学の問題は分かりますか？

這題數學你會嗎？

はい、わかりますよ。

是，我會哦。

❷ この数学の問題はこうやって解くんだよ。

這題數學要這樣解哦！

はい、わかりました！

是、我知道了！

▶「原來如此！」的感覺

日文的「27 時」到底是幾點？

日本節目的播放時間，常常可以看到超過 24 小時的寫法，例如：「每週土曜 27 時 20 分」，這樣到底是哪一天的幾點呢？

答案是──「星期六的深夜三點」同時也是「星期日的早上三點」（星期六 27 點＝星期六 24 點＋ 3 點＝星期日 3 點）。

在日本電視節目或廣播節目的時間表上，大多都不是以 24 小時來劃分，而是用「深夜節目」以及「早晨節目」來劃分，所以即使已經過了午夜 12 點，日期已經變更了，只要節目表還沒替換（深夜節目‧早晨節目），當日就還沒結束，因此才會出現「土曜 27 時」這類的時間。

土曜 27 時＝星期六深夜三點＝星期日清晨三點

而土曜 3 時則是「星期六清晨三點」＝「金曜 27 時（星期五深夜三點）」。

土曜 27 時	
土曜深夜 3 時	日曜午前 3 時
深夜番組	早朝番組

第2卷

初學者必懂助詞

助詞一直是學習者的關卡，看似簡單的助詞在簡單的句子中，也經常發生混淆的現象。舉個例子，我在日文討論區曾讓大家練習寫「我想邀請她去看電影」，結果意外發現絕大多數人無法造出這樣的句子，這句話只用到 N5 的文法，雖然有一個單字可能比較難（邀請：<ruby>誘<rt>さそ</rt></ruby>う）。

不過，最重要的是助詞的運用，許多人寫成邀電影看她，或是和她一起去邀電影，這些都是因為助詞放錯位置了。正解是「<ruby>彼女<rt>かのじょ</rt></ruby>を<ruby>映画<rt>えいが</rt></ruby>に<ruby>誘<rt>さそ</rt></ruby>いたい」，邀約的對象用「を」，邀約的目的用「に」。各位在學習助詞時，要多注意例句的用法及多看文章，相信很快就能實際活用助詞。

助詞分類：副助詞、格助詞、接續助詞、終助詞

日文助詞又可細分為副助詞、格助詞、接續助詞、終助詞等，了解不同助詞的定義也可以幫助理解並活用，比如說「から」有分為格助詞的「から（表示起始）」，跟接續助詞的「から（表示原因、理由）」，兩者定義不同，用法也不同，以下為各位整理出各種助詞的分類及用法，相信可以對助詞有更深一層的認識。

助詞	副助詞	係助詞（文語）
	格助詞	
	接續助詞	
	終助詞	間投助詞（文語）

副助詞（ふくじょし）

接於各品詞之後，其用途極廣，如主題、強調、舉例、類推、並列、程度、完畢等，能夠賦予句子各種意義。

❶ 區別：「は」 例：夏は暑い。（表示主題）

❷ 強調：「こそ」 例：君こそ立派だ。

❸ 舉例：「でも」 例：お茶でも飲みませんか。

❹ 類推：「さえ」 例：子供さえできる。

❺ 並列：「も」 例：妹も弟も中学生だ。

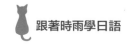

❻ 限定：「だけ」　　　　例：真田さんだけ来ていない。

❼ 程度：「ほど」　　　　例：10キロほど減った。

❽ 完畢：「ばかり」　　　例：帰ったばかりだ。

❾ 選擇：「か」　　　　　例：明日かあさって行く。

❿ 數量：「ずつ」　　　　例：一つずつ取ってください。

⓫ 不確定：「やら」　　　例：誰やら来たようだ。

　以上為常見分類，還有很多用法，有些又有重疊但不同意思。

所以，以下方的表格來統整，更能一目了然：

❶ 區別	は		
❷ 強調	こそ		
❸ 舉例	でも	だって	など
❹ 類推	さえ	だって	まで
❺ 並列	も	なり	
❻ 限定	だけ／しか	きり	のみ
❼ 程度	ほど	くらい	
❽ 完畢	ばかり		
❾ 選擇	か		
❿ 數量	ずつ	ほど	くらい
⓫ 不確定	やら	か	

　其中每個助詞都有很多種意思，例如「は」除了表示主題（區別）之外，還有「強調」、「對比」等用法，「も」除了並列之外也有「類比」的用法等等。

格助詞（かくじょし）

接於無活用之後（多用於體言，即名詞、代名詞），用以表示前後詞語之間的關係。

❶ 主述關係：「が」 例：海が青い。

❷ 連體修飾：「の」 例：私の車。

❸ 連用修飾：「を・に・へ・で」 例：ビールを飲む。日本へ行く。

❹ 表示並列：「と・や・の・に」 例：本とぺん。5に3を加える。

❺ 表示起始：「から」 例：午後3時から始める。

❻ 表示基準：「より」 例：僕より5歳年上だ。

日本學生為了有效率地背這些助詞，發明了個有趣的句子：

鬼が戸より出、空の部屋

を、に、が、と、より、で、から、の、へ、や

↑ 第一個「を」發音同「お」（聯想音），意思是「鬼從門那裡出來，房間空了」（笑）。

由於接續助詞跟終助詞都滿好辨認，因此其他的助詞，除了「鬼が戸より出、空の部屋」之外都是副助詞，這個口訣應該滿管用的吧？

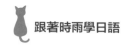

接續助詞（せつぞくじょし）

用於活用語之後（用言或助動詞），表示順接、逆接、假定、並列等。

❶ 順接：「から」 例：疲れたから寝よう。

❷ 逆接：「が」 例：難しいが覚えてほしい。

❸ 假定：「ば」 例：練習すれば上手になる。

❹ 並列：「し」 例：イケメンだし、頭もいい。

❺ 並行：「ながら」 例：音楽を聞きながら勉強する。

❻ 列舉：「たり」 例：音楽を聞いたり、小説を読んだりする。

以上為常見分類，還有很多用法，有些又有重疊但不同意思。

同樣地，以下方的表格來統整，更能一目了然：

❶ 順接	から	て	ので	
❷ 逆接	が	ても	けど	のに
❸ 假定	ば	と		
❹ 並列	し			
❺ 並行	ながら			
❻ 列舉	たり			

🐾 終助詞（しゅうじょし）

置於文末，表示疑問、勸誘、禁止、感動等感嘆語。

❶ 疑問:「か」　　　　　　　例:どこへ行くか。

❷ 勸誘:「よ」　　　　　　　例:行こうよ。

❸ 禁止:「な」　　　　　　　例:触るな。

❹ 強調:「ぞ」　　　　　　　例:行くぞ。

❺ 感嘆:「ね」　　　　　　　例:おいしいね。

❻ 命令:「な」　　　　　　　例:早く来な。

❼ 願望:「ないかしら」　　　例:彼が来ないかしら。

❽ 理由:「もの」　　　　　　例:お金がないんだもの。

❾ 加強:「さ」　　　　　　　例:だからさ……

以上為常見分類，但還有很多用法，有些又有重疊但不同意思。同樣地，以下方的表格來統整，更能一目了然：

❶ 疑問	か	の	かしら
❷ 勸誘	よ		
❸ 禁止	な		
❹ 強調	ぞ	よ	わ
❺ 感嘆	ね（ねえ）	な（なあ）	
❻ 命令	な	よ	の
❼ 願望	ないかしら		
❽ 理由	もの		
❾ 加強	さ		

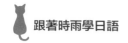

🐾 間投助詞（かんとうじょし）

由終助詞細分出來的助詞，跟終助詞一樣具有調節語氣的功能，一般教學時總歸類於終助詞，但與終助詞不同的是，終助詞用在文末，而間投助詞可以用在文節之中，並多為文語使用。

❶ な（なあ）

❷ ね（ねえ）

❸ さ

❹ や

❺ を（古語）

❻ よ（古語）

❼ や（古語）

❽ ろ（古語）

❾ ゑ（古語）

🐾 係助詞（かかりじょし）

副助詞細分出來的助詞，屬於文語助詞，用於體言或用言之下，表示強調、疑問等意味。

❶ ぞ

❷ なむ

❸ や

❹ か

❺ こそ

▶ 間投助詞與係助詞為細分出來的分類，多半為古語或文語，由於現代口語不太會遇到，且再寫下去就要天亮了，所以就不再多述。一般學習者僅需要抓住四大分類即可：❶副助詞、❷格助詞、❸接續助詞、❹終助詞。

補充

　日文的助詞扮演著相當重要的功能，失之毫釐則差之千里。一起來比較看看有何不同吧！

　以同樣身為格助詞的「が」和「の」來示範：
猫の声が聞こえる。　聽到貓叫聲。
猫は声が聞こえる。　貓聽到聲音。

▶ 由上述可以發現意思相差甚遠，主語也不同，❶的主語被省略，原句為「(私は)猫の声が聞こえた」；而❷的主語則是貓，兩者意思完全不同，因此助詞的使用扮演著極重要的角色。

　「副助詞」跟「格助詞」的差別：
副助詞 ➡ 可以接在活用語後（用言、助動詞）。
格助詞 ➡ 無法接在活用語後。
❶ 寒くはない。（形容詞＋は：副助詞）〇
❷ 寒くがない。（形容詞＋が：意義不明）？

「格助詞」跟「接續助詞」的差別：

接續助詞 ➡ 可以接在活用語後（用言、助動詞）。

格助詞 ➡ 無法接在活用語後。

❶ 日曜日だから……（助動詞だ＋から：接續助詞）○

　　因為是星期日……　表原因／順接用法

❷ 日曜日から金曜日まで……（名詞＋から：格助詞）○

　　從週日到週五……　表起始

▶ 由於兩者都是名詞「日曜日」，因此容易被混淆，但其實一個
　　是有接助動詞「だ（表斷定）」，另一個才是接名詞「日曜日」。

普通體斷定的「だ」屬於助動詞，有活用。

\ 快速整理 /

N5 常用助詞「に」・「で」・「へ」・「と」・「も」

「に」的用法

1. 表時間（動作發生時的時間）
➡ 毎日6時に起きる。

2. 表歸著點（變換位置的到達點）
➡ 日本に行く。

3. 表存在場所（指人事物本身的存在場所）
➡ 教室に学生がいる。

4. 表指向場所（指靜態動作的指向場所）
➡ ベンチに座る。

5. 表轉換結果（事物或狀態轉變的結果）
➡ 社長になる。

6. 表對象（單向動作所指向的對象）
➡ 先生に会う。

7. 表次數（一個期間內包含的次數）
➡ 月に一度旅行する。

8. 表目的（移動動詞的目的）
➡ 映画を見に行く。

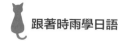
🐾 「で」的用法

1. 表動作的立足點
➡ 学校で勉強する。

2. 表狀態的範圍或場所
➡ 果物の中で何が一番好きですか。

3. 表共同參與的人數
➡ 三人で歌を歌う。

4. 表花費時間或金錢
➡ この靴は千円で買ったのだ。

5. 表原因、理由
➡ 病気で会社を休んだ。

6. 表方法、手段
➡ バスで学校に行く。

7. 表材料、原料
➡ 紙で飛行機を作る。

「へ」的用法

「は」當助詞時，需要唸作「WA」。而「へ」也是同樣道理，當助詞時需要唸作「E」喔！

1. 表方向 （變換位置的指向場所）
➡ 東京へ行く。

2. 表對象 （單向動作所指向的對象）
➡ 友達へ手紙を書く。

「と」的用法

1. 表事物的並列
➡ 野菜と果物を買う。

2. 表共同動作的同伴
➡ 信之助君と映画を見に行く。

3. 表相互動作的對象
➡ 雨子ちゃんと結婚する。

4. 表比較基準
➡ 私は君と違って、猫派だ。

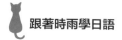

「も」的用法

1. 類比

➡ 兄は学生です。私も学生です。

2. 並列

➡ 弟も妹も学校に行く。

3. 全部

➡ 教室に誰もいない。

什麼時候用「は」，又什麼時候用「が」？

　　「は」跟「が」是所有日文學習者必經的天堂路，因為它們的功能太相似，都可以用來表示主語，因此學習者常常混淆，例如「老師很漂亮」的日文為「先生はきれいです」，但「月亮很漂亮」的日文通常講「月がきれいです」，一個是說明句的主語，一個是表示眼前的現象（又可解釋為客觀現象或是自然現象）。

　　由於「は」跟「が」的使用率非常廣泛，幾個文法沒辦法概括所有現實可能發生的情境，因此「は」跟「が」就成了最難的一對助詞。關於「は」跟「が」的差別，其用法非常多，本篇先列舉大方向的分類，最後針對「大小主語」來做總結。

副助詞「は」的用法

　　「は」是用來提示主語，有許多用法，以下表格整理出在初級時的常用用法：

1. 表說明句的主語
2. 表舊訊息的主語
3. 表述部未知時的主語
4. 表句中包含大小主語（雙重主語）時的「大主語」
5. 表強調或暗示
6. 表兩件事物的對比

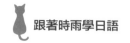

🐾 格助詞「が」的用法

「が」也是用來提示主語,其用法也很多:

1. 表示眼前現象
2. 表新訊息
3. 表疑問詞的主語
4. 表未知主語的主動／被動告知
5. 表連體修飾子句
6. 表條件句
7. 表大小主語(雙重主語)的「小主語」
8. 對象語(第二種主語)能力、有無、巧拙、感情

以下,就透過一個「大象」的例子來協助讀者快速理解「は」與「が」之間的差異。

「象は鼻が長い」也可以寫「象の鼻は長い」?

我們來聊聊「大小主語」。所謂大小主語,就是指一個句子中出現兩個主語(因此又稱為雙重主語)。一個含有主語及述語的句子當中,其述語裡又包含主語與述語,這樣的情況下,將主語視為大主語,而述語裡面的主語便稱為小主語。

來看看這張圖,會更清楚!

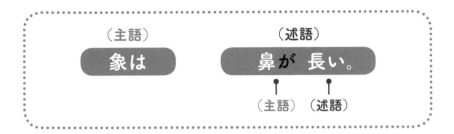

上圖的「象」就是大主語，而述部裡面的主語「鼻」就是小主語。這句話的意思為「大象的鼻子很長」。

你可能會問：可以說「象の鼻は長い」嗎？視情況也是有這樣的句子，但焦點會不一樣，以下我們先來看看大主語的作用。

大主語的意思就是指「真正要談論的主題」

今天要討論的是「大象」，大象怎麼樣？牠的鼻子長、耳朵大、體重很重……等，這時候的「鼻子」、「耳朵」、「體重」都屬於其次的要件，而不是今天的主題，所以大象用「は」，其次的要件：鼻子、耳朵、體重等用「が」。

如果我們今天要講的主題是「鼻子」，大象的鼻子、狗的鼻子、貓的鼻子，這些鼻子怎麼樣？那麼才可以使用「鼻は長い」。例如這裡有大象跟小貓，我們要來比較他們的鼻子，那麼可以說「象の鼻は長い。猫の鼻は小さい。」再換個情境，今天 A 的腿長，B 的腿短，我們要針對他們的腿做討論，可以說「A の足は長い、B の足は短い」。又例如，我們在討論班上同學誰的臉比較大，焦點放在「臉」，即為「A 君の顔は大きい。B 君の顔は小さい」。

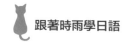
因此，如果沒有前後文（並沒有在討論特定部位），突然冒出一句，例如「我的頭很痛」、「我的肚子痛」等，焦點都是「我」，那麼主語使用「は」較自然。而我怎麼了？「頭很痛」、「肚子很痛」就成了描述句，描述句的主語則使用「が」。

<ruby>私<rt>わたし</rt></ruby>は<ruby>頭<rt>あたま</rt></ruby>が<ruby>痛<rt>いた</rt></ruby>い。✔　　　<ruby>私<rt>わたし</rt></ruby>はお<ruby>腹<rt>なか</rt></ruby>が<ruby>痛<rt>いた</rt></ruby>い。✔

只需要把焦點放在「は」即可

所以，視情況可以使用「ＡはＢです」或「ＡのＢはＣです」，但有些情境並不適合「ＡのＢは～」，有些情境卻可以使用「ＡのＢは～」，如何分辨需要累積閱讀經驗去建立語感，希望本篇能為各位建立基本的概念。

以下再提供兩種情境示意圖：

❶ 今天要介紹大象，大象的鼻子很長，耳朵很大。

❷ 今天來談談關於大象的鼻子，大象的鼻子為什麼這麼長？

象の鼻は

どうして長いの？

▶ 這是特定主題（整篇都在講鼻子的情況，即使如此，在這之前還是會先以「象は～」來延伸主題）。因此，一般講大象的鼻子仍是用「象は鼻が長い」，這是由於大象才是真正的主語。只有刻意聚焦在某個部位上，才會用到「象の～」。

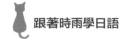

不只是「但是」──「でも」的解析

　　許多學習者都知道「でも」就是「可是」或「即使」的意思，例如「でも、行きたくない（可是我不想去）」、「雨でも行きたい（即使下雨我也想去）」，不過「でも」也可以用於舉例，相當於「とか」、「なんか」等，以下來看看它們的差異性吧。

1. 表類推
2. 表例示
3. 表全面

1. 表類推　　句型：名詞＋でも

舉出極端的例子來形容程度之極，稱為「類推」，多譯為「連～也～」。

例句：

そんなことは子供でもできます。

那種事情連小孩子也會。

世界をちょっとでもよくしたい。

哪怕只有一點點，也想讓世界變得美好。

どんな天才でも、すべてに通暁することは不可能だろう。

無論是怎樣的天才也不可能知曉天地萬物吧。

2. 表例示　句型：名詞＋でも

列舉某個種類，多用於詢問對方，邀約的內容則是任意舉個例子，代表還有空間可以選擇，口氣上較親和、委婉。多譯為「之類的／什麼的」。

例句：

お茶でも飲みませんか。

要不要喝茶什麼的？

新聞でも読もうか。

要不要看些報紙什麼的？

映画でも見に行こうか。

要不要去看電影什麼的？

3. 表全面　句型：疑問詞＋でも

當疑問詞（如：どこ、だれ、なん、いつ……）＋でも則表示全面性的無限範圍，多譯為「無論～都～」。

例句：

桃太郎は誰でも知っている物語です。

桃太郎是誰都知道的故事。

なんでも知ってる Siri さんにサタンのことを聞いてみた。

我向什麼都知道的 Siri 問了有關撒旦的事。

わからないことがあったら、いつでも聞いてください。

如果有什麼不懂的地方，歡迎隨時問我。

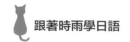 「から」跟「まで」一起看！

　　當要表示「從～到～」時，日文就是「～から～まで」，從這裡可以知道「から」就是「起始」，「まで」就是「到達」，不過當「から」用於接續助詞時，就表示「原因、理由」，以下來看看各種用法：

　　助詞「から」有兩種，一種是格助詞，一種是接續助詞，用法如下：

> **格助詞：**
> 表場所起點 　變換位置的場所
> 表時間起點 　事件開始的時間
> 表原料材料 　製造物品的原料
>
> **接續助詞：**
> 表原因、理由

格助詞

1. 表場所起點

表示開始變換場所的位置。

例句：

家から会社までバイクで行きます。

從家裡騎機車到公司。

貞子がテレビから這い出てきます。

貞子從電視裡爬出來。

天井から水漏れしてきました。

天花板漏水了。

2. 表時間起點

表示事件發生的起始時間。

例句：

8時から働きます。

從 8 點開始工作。

月曜日から金曜日まで学校に行きます。

週一到週五去學校上課。

学生の時からアルバイトをしていました。

從學生時代就開始打工。

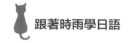
3. 表原料材料

表示製作物品的原料或材料。

例句：

米からお酒を造る。

用米釀酒。

パルプから紙を製造する。

用紙漿造紙。

大豆からもやしを作ります。

用大豆做豆芽。

接續助詞

表示動作的原因理由。

例句：

寒いから窓を閉めてください。

因為很冷，請關窗戶。

金曜日の夜だから、カフェが混んでいます。

因為是星期五晚上，所以咖啡店很擁擠。

良い成績を取ったから何かを買ってあげる。

因為你取得好成績，所以買東西給你。

「まで」的用法如下：

1. 表範圍
2. 表期間
3. 表動作期間
4. 表程度、類推

1. 表範圍　　句型：名詞（場所）＋まで

表示到達「まで」之前的地點範圍，多譯為「到～」。

例句：

東京^{とうきょう}から大阪^{おおさか}までどのくらいかかりますか。

從東京到大阪要花多久時間？

駅^{えき}まで走^{はし}ります。

跑到車站。

学校^{がっこう}まで歩^{ある}きます。

步行到學校。

説明

「から～まで～」是成對的慣用句，中文上雖然表示「從～到～」，但是日文並不使用「から～に～」，因為「に」沒有範圍的意思。

來看個例句——

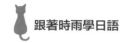

家から学校までの最短ルートは左の道か、右の道か。

從家裡到學校（這段距離）最短的路是左邊的路？還是右邊的
路？

▶ 當後句使用移動動詞「行く（去）、来る（來）」時，「に」
表示目的地，「まで」表示從出發到該場所的範圍，在中文解
釋上都稱為「到」。例如，「到學校」的表現方式：

学校まで行きます。 ➡ 表達「從出發地到學校」的範圍。
学校に行きます。 ➡ 目的地是「學校」。

▶ 而當後句使用「走る（跑）、歩く（走）、泳ぐ（游泳）」時，
只能使用「まで」，不可用「に」。
○ 学校まで走ります。
× 学校に走ります。

2. 表期間　　　句型：名詞（時間）＋まで

表示動作執行到「まで」之前的時間範圍，多譯為「到～」。

例句：
8 時まで勉強していました。

念書念到 8 點。

夜まで寝ていました。

睡到晚上。

その店は午前 9 時から午後 5 時まで開いています。

那家店從早上 9 點開到下午 5 點。

説明

　　表示時間的有「まで」、「に」以及它們的雙胞胎：「までに」，
這是許多人經常搞混的地方。藉由下方圖表相信能夠幫助理解之間
的差異喔！

　　まで：表示到該時間為止的這段持續時間，其動作為一種狀態。
　　までに：表示到該時間為止的某一個時間內，發生的某一動作。

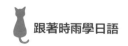

以下來看看例句：

まで

月曜日　　　　　持續時間・持續動作　　　　　金曜日

例：金曜日<ruby>金曜日<rt>きんよう び</rt></ruby>まで友達<ruby>友達<rt>ともだち</rt></ruby>の家<ruby>家<rt>いえ</rt></ruby>にいるつもりだ。

　　我打算在朋友家待到星期五。

▶ 是從星期一待到星期五，持續的動作行為。

　　星期一～星期五都在朋友家。

までに

月曜日　　　　　任一時間・瞬間動作　　　　　金曜日

例：金曜日<ruby>金曜日<rt>きんよう び</rt></ruby>までにレポートを提出<ruby>提出<rt>ていしゅつ</rt></ruby>してください。

　　請在星期五之前交報告。

▶ 是在星期五之前的任何一天進行一項動作。

　　例如星期三交報告。

に：指定的時間，在該時間執行某動作。

に

月曜日　　　　　　　指定時間‧瞬間動作　　　　　　金曜日

例：金曜日[きんようび]にレポートを提出[ていしゅつ]してください。

　　請在星期五當天交報告。

3. 表動作期間　　　句型：V4＋まで

表示到某個動作結束之前的行為，多譯為「到～」。

例句：

帰[かえ]ってくるまで待[ま]っています。

我會等你，直到你回來。

空[そら]が暗[くら]くなるまでサッカーをやっていました。

直到天色暗下來之前都在踢足球。

死[し]ぬまで働[はたら]きたくない。

不想工作到死。

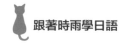

4. 表程度、類推　　句型：名詞＋まで

表示涉及到常理之外的範圍，讓人驚訝的地步，多譯為「連～、甚至～」。

例句：

あなたまでそう思^{おも}うの？

あなたまでそう思うの？

連你都那樣想嗎？

▶ 別人那樣想就算了，連你都那樣想！

落^おちぶれた身^みには、風^{かぜ}までが冷^{つめ}たい。

對於窮困潦倒的人來說，連風都是刺冷的。

▶ 人若衰種瓠仔生菜瓜。（連喝涼水都塞牙縫）

子供^{こども}にまでばかにされている。

連小孩都把我當白痴耍。

▶ 同事耍我就算了，連小孩都耍我！

「まで」可取代「が、を」，但遇「に、へ、と、で、から」時，「まで」需置後。「まで」的原意就是「直到～」的意思，因此衍生「甚至」之意，看圖會更清楚：

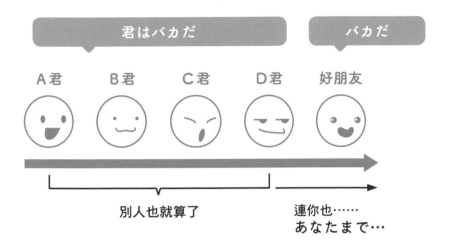

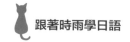

 接續助詞的「し」與中止形的「て／で」的差異

學過中止形的朋友在第一次看到「し」時常常會產生疑問，譬如「信之助はハンサムで、頭がいいです」這句話很簡單，但如果改成「信之助はハンサムだし、頭もいいです」，中文都是「信之助又帥又聰明」，有些人就會產生混淆，到底「し」跟「で」的差異在哪呢？以下我們就來看看吧。

「し」的用法如下：

1. 表並列
2. 表原因

1. 表並列　　句型：活用語三變＋し

強調列舉的事物，多譯為「又～／也～」。

例句：

信之助はハンサムだし、頭がいいです。

信之助人長得帥，頭腦又好。

台北は人が多いし、家賃が高いし、もういやです。

台北人又多，房租也很貴，已經受不了了。

僕はいい彼女ができたし、仕事も楽しいし、とても幸せです。

我交到了很棒的女友，工作也很順心，非常幸福。

2. 表原因　　句型：活用語三變＋し

用於強調列舉理由的多重性。

例句：

この子はまだ 9 歳だし、体が弱いから留学は無理です。

這孩子才 9 歲，身體又虛弱，沒辦法去留學。

暗いし危ないからついて行くよ。

這麼暗又危險，我跟你去吧。

頭が痛いし、気分が悪いから帰ります。

頭很痛，而且人也不舒服，所以先回去了。

　　本項用法雖以「又～」解釋，但跟「中止形」的「て（で）」語感上並不同，「て」跟「し」比起來，「て」較屬於單純敘述，「し」則是有所結論。

　　例如某個女生想跟信之助交往，她的朋友便跟她說：

信之助はハンサムだし、頭もいいね。告白しようよ。

信之助那麼帥，頭腦又好。妳就跟他告白嘛。

　　而如果只是單純問這個叫信之助的人特色是什麼？就用曾經學過的中止形即可：

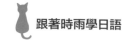

信之助はハンサムで、頭がいいです。

信之助人長得帥，頭腦又好。

可能還是有點模糊？再舉一個例子──

「台北は人が多くて、家賃が高いです」只是單純說明「台北人多房租又貴」的事實。然而，如果後面要接「もういやです」等結論，則用「し」比較貼切，因為「し」有列舉理由的意思。

台北は人が多くて、家賃が高いです。

台北人多，房租又貴。

台北は人が多いし、家賃が高いし、もういやです。

台北人又多啊，房租也很貴耶，因此實在是受不了了！

由於「し」具有「因此」等前後關聯的含意，所以常用做說明原因的表列舉。

我們就用前述的例句來看：

この子はまだ 9 歳だし、体が弱いから留学は無理です。

這孩子才 9 歲呀，身體又虛弱，因此沒辦法去留學。

▶ 「し」後面常搭配「から」表示原因、理由。

如果用「中止形」則較無前後關聯。

この子はまだ 9 歳で、体が弱いから留学は無理です。

這孩子 9 歲，身體虛弱，所以沒辦法去留學。

以下提供對話，感受其語感：

（1）太郎：彼女と付き合わない？

你不跟她交往嗎？

信之助：えー、僕のタイプじゃないし。

啊？她又不是我的菜。

（2）真由美：今日、来ないの？

今天不來嗎？

信之助：うん、宿題もあるし、バイトもあるから、行かない。

嗯、我還有功課，還要打工，所以不去。

「し」最大的特色是列舉「多重原因或理由」，除了列舉兩個以上原因之外，也常見句子中只有列舉一個。但這樣的情況則是暗示還有其他理由，只是沒有提到罷了，這一點跟「から、ので」不同。如上述例子的「僕のタイプじゃないし」，除了表示「她又不是我的菜」之外，也暗示還有別的原因，例如「我現在也不想交女朋友」、「我也沒錢交女朋友」……等。如果是用「僕のタイプじゃないから、付き合わない」則表示原因只有一個，就是「她不是我的菜」。

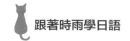

 終助詞「かい・だい・の・な・のだ（んだ）」的解析

　　在日劇或動漫經常可以聽到句末的「かい、だい、の、な、のだ」等等，有些又很相似，例如「○○かい？」跟「○○だい？」其實都是「○○か？」的意思，那麼差異又在哪呢？一起來看看吧！

　　かい：各詞類普通體 ＋ かい

　　名詞、形容動詞語幹＋かい，或是なのかい

　　表示疑問，意思等同於「か」，為男性用語，且多為上對下、年長對晚輩使用。

　　あいつのこと、知ってるかい。

　　你知道那傢伙的事嗎？

　　学校の成績はよかったかい。

　　學校成績好嗎？

　　あの女性はきれいかい。（＝きれいなのかい）

　　那個女生漂亮嗎？

　　だい：疑問詞 ＋ だい

　　表示疑問，意思等同於「か」，為男性用語，且多為上對下、年長對晚輩使用。

　　すっかり言ってみたらどうだい。

　　全都講出來如何？

何か君にも関係のある話だそうだが、どういうことなんだい。

感覺好像跟你也有關係的樣子，到底是怎麼一回事？

何時まで起きてるつもり（なん）だい。

你打算幾點才要睡？

かい・だい 比較

「かい」跟「だい」都是男性用語，意思跟疑問的「か」相同，女性則是使用「の」或是「なの」。「かい」多用於沒有疑問詞的提問，「だい」則是使用疑問詞，如「どう、どんな、何、どこ、何時、いつ……」等等。

の：動詞、形容詞普通體 ＋ の

名詞、形容動詞語幹＋なの

疑問詞＋なの

表示疑問，意思等同於「か」，男女皆可使用，但以女性或兒童居多。

信之助君は行かなかったの。

信之助沒有去嗎？

今日、暇なの。

今天有空？

会議はいつなの。

會議什麼時候開始呢？

▶ 此為疑問用法，「の」的語氣要上揚。

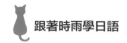
の：動詞、形容詞普通體 ＋ の

名詞、形容動詞語幹＋なの

表示加強語氣，男女皆可使用，但以女性或兒童居多。其中女性使用時多半會加「よ」來加強語氣。

ケーキが大好きなの。

我非常喜歡吃蛋糕。

そうしないと困るのよ。

不那樣做的話我會很困擾的。

いいのよ。

夠了。

▶ 此為加強語氣，「の」的語氣要下降。

の：V3（終止形） ＋ の

表示命令，女性用語。

今すぐ勉強するの。

現在馬上去念書。

失礼なことを言わないの。

不要說失禮的話。

▶ 此為命令語氣，「の」的語氣要下降。

な：V3（終止形）＋な

表示強烈的禁止，多為男性使用，女性則使用「～ないで（ください）」。

タバコを吸<ruby>吸<rt>す</rt></ruby>うな。

不要抽菸！

<ruby>変<rt>へん</rt></ruby>なことを<ruby>言<rt>い</rt></ruby>うな。

別說奇怪的話！

どこへも<ruby>行<rt>い</rt></ruby>くな。

哪裡也別去。

のだ：動詞、形容詞普通體＋のだ

名詞、形容動詞語幹 ＋ なのだ

口語為「～んだ」、「～なんだ」

表示加強語氣或說明原因理由，多為男性使用，而女性則多使用「の」。

<ruby>俺<rt>おれ</rt></ruby>は<ruby>絶対<rt>ぜったい</rt></ruby><ruby>勝<rt>か</rt></ruby>つんだ。

我絕對會贏！ ➡ 加強語氣

<ruby>お前<rt>まえ</rt></ruby>は<ruby>敵<rt>てき</rt></ruby>なんだ。

你是敵人！ ➡ 加強語氣

<ruby>道<rt>みち</rt></ruby>が<ruby>混<rt>こ</rt></ruby>んでいる。きっと<ruby>事故<rt>じこ</rt></ruby>があったのだ。

塞車了。一定是有車禍。 ➡ 說明原因

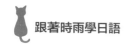

「午前 12 時」和「午後 0 時」哪一個才是中午 12 點？

　　「午前 12 時」和「午後 0 時」，其實兩者都表示中午 12 點。而「午前 12 時」的感覺是上午結束了；「午後 0 時」的感覺則是下午開始了。但依照每個人的感受不同，對於「午前 12 時」會誤解到底是白天的 12 點，還是晚上的 12 點。尤其是正式場合的情況下，例如出生證明、天文台情報等，到底要用哪一個表示就變得更重要了！

　　根據明治 5 年 11 月 9 日的太政官達「改曆ノ布告」制定，24 小時制的正午 12 點為「午前 12 時」，24 小時制的零點為「午前 0 時」或「午後 12 時」（就是晚上 12 點）。可知在法律上並沒有存在「午後 0 時」的說法。

　　不過，制定日本標準時間的情報通信研究機構表示「這項法律原本的目的是為了改曆，並沒有明確劃分午前午後的差別定義。」因此依照法律並無法明確分辨「午前 12 時」和「午後 12 時」到底是白天 12 點還是晚上 12 點。

　　日本國立天文台為了避免誤會，白天的 12 點使用「午後 0 時」，而晚上 12 點則使用「午前 0 時」。

簡而言之，雖然法律上規定中午 12 點的正確標示為「午前 12 時」，但一般都是使用「午後 0 時」來劃分避免誤會。

以上的介紹主要是用於正式場合，像是結婚時間、出生時間的正式說法，不過生活中可以使用更簡單、白話、絕對不會搞混的說法：

昼の 12 時(中午 12 點)

夜の 12 時(晚上 12 點)

第3卷

授受動詞，老是搞不懂
「施」與「受」嗎？

「授受動詞」就是授予和接受的意思。「授」代表授予，「受」代表接受。這是初學者一大關卡。因為在日文中，給予與接受有許多表現，如「あげる」、「くれる」、「もらう」，從這三個字又可延伸出更具敬意的說法：「さしあげる」、「くださる」、「いただく」，而初學者最大的疑問在於使用的時機。

「あげる」・「くれる」・「もらう」的基本觀念

授受動詞有以下三種用法：

❶ あげる（給予）我給別人
❷ くれる（給予）別人給我
❸ もらう（接受）從某人那裡得到

記住兩個要點：

一、內外關係（由內而外、由外而內）
二、上下關係（由上而下、由下而上）

內外關係就是「我給你還是你給我」的觀念。
上下關係就是「你的地位比我高還是低」的觀念。
由內而外：由我方給對方 ↔ 由外而內：由對方給我方
由上而下：地位高對地位低 ↔ 由下而上：地位低對地位高
我方泛指我自己或我的誰（我爸媽、我的老師、我老闆……等）
對方泛指他自己或他的誰（他爸媽、他的老師、他老闆……等）
來看看圖示說明吧！

所謂的「內」就是我方的立場,「外」就是對方的立場。我方是泛指我這邊的人(我家族、我公司、我學校等);對方是泛指他那邊的人(他家族、他公司、他學校等)。

立場是由說話者決定的,因此使用上要注意。由我方給對方時,使用「あげる」。由對方給我方時,使用「くれる」。

內 **內外關係** 外

給予

我方 →あげる→ 他方
我方 ←くれる← 他方

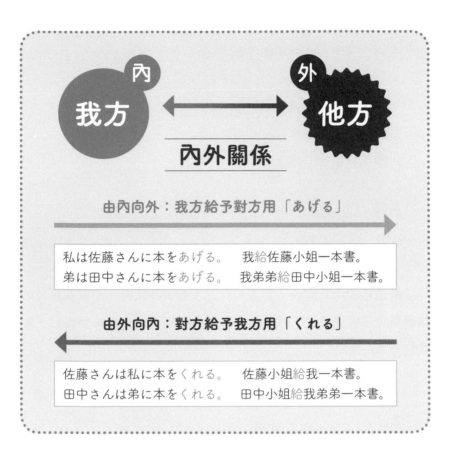

我方給對方的句型為：我方 は 對方 に あげる

對方給我方的句型為：對方 は 我方 に くれる

主語就是做動作的人，而對象的助詞用「に」表示。

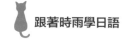

私は 佐藤さんに 本をあげる。

我給佐藤書。

弟は 佐藤さんに 本をあげる。

我弟弟給佐藤書。

佐藤さんは 私に 本をくれる。

佐藤給我書。

佐藤さんは 弟に 本をくれる。

佐藤給我弟弟書。

像這樣的內外關係（我方／對方）必須要釐清。而只要是我的誰誰誰（包含我自己）就是我方，別人的誰誰誰（包含他自己）都是對方。

又如：

田中さんのお兄さんは 弟に 本を くれる。

田中的哥哥給我弟書。

就是對方（他哥哥）給我方（我弟弟），所以用「くれる」。

反過來就是用「あげる」，例如「弟は田中さんのお兄さんに本をあげる」。

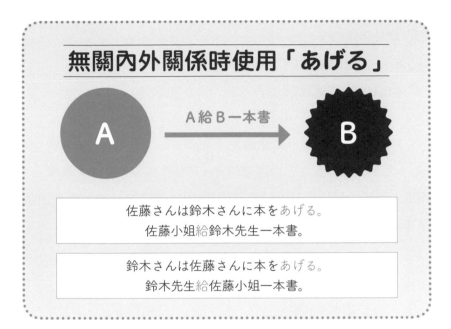

當雙方都跟自己無關時，用「あげる」即可。

佐藤さんは鈴木さんに本をあげる。

佐藤給鈴木一本書。

佐藤和鈴木都是第三人稱（跟自己沒有關係），用「あげる」

即可。

鈴木給佐藤一本書也一樣：

「鈴木さんは佐藤さんに本をあげる」。

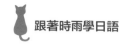
🐾 總結

あげる：我方給對方／別人給別人

くれる：對方給我方

由上述可以知道，如果你說「佐藤さんは鈴木さんに本をくれる」，那麼就表示鈴木是你這邊的人，可能是同僚、夥伴或是情人。所以，第三人稱給第三人稱也可以用「くれる」，此時的接受方就是指我方的人。

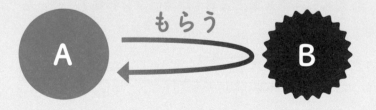

剛剛學的是給予的「あげる」、「くれる」
現在要看的是接受，接受用「もらう」
即 A 從 B 那裡得到某個東西的意思。

A 從 B 那裡得到某東西

もらう

A → B

AはBに本をもらう。　A從B那裡得到一本書。

「もらう」是某人從某人那裡得到某物的意思。句型為 A は B に（から）本をもらう，主語是做動作（得到）的人，而對象的助詞可以用に或から，但是當對方非人物時（例如公司、組織、學校等）只能用「から」。

例句：

私^{わたし}は佐藤^{さとう}さんに本^{ほん}をもらいました。

我從佐藤那裡得到一本書。

私^{わたし}はお母^{かあ}さんから小遣^{こづか}いをもらいました。

我從媽媽那裡得到零用錢。

私^{わたし}は会社^{かいしゃ}から車^{くるま}をもらいました。

我從公司那裡得到一部車。

~~私^{わたし}は会社^{かいしゃ}に車^{くるま}をもらいました。~~

▶ 對象非人物，不可用に。

「もらう」含有恩惠的表現，因此一般來說不用在「別人從自己的身上得到」（會有種別人從自己身上得到恩惠的自大感），但並不是說不可能出現這種句子，看情況還是有可能會看到。

例如：

（△）彼^{かれ}は私^{わたし}に本をもらいました。（他從我身上得到一本書。）

↑ 他得到我的恩惠（自大），應改為「私^{わたし}は彼^{かれ}に本^{ほん}をあげました。」（我給他一本書）。

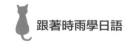

　　但若是有人問你，他從誰那裡得到這本書的？這時候就應該回從我這裡得到，而不是我給他。

　　問：彼は誰からこの本をもらったのですか？

　　　　他從誰那裡得到這本書？

　　（○）彼は私からこの本をもらいました。

　　　　他從我這裡得到這本書。　▶ 自然

　　（△）私は彼にこの本をあげました。

　　　　我給他這本書。　▶ ？

　　再舉個例子，看到「別想從我這裡得到錢」的日文：私からお金をもらおうなんて思うな。

　　像這句也很自然，「なんて」是「之類的、什麼的」，而它所引述的內容則是「お金をもらおう」（想要得到錢），後面接「思うな」（不要這樣想），所以整句是「不要想（從我這裡得到錢）」，這樣的用法是沒問題的。

　　所以語言是活的，要視情況而定，如果沒有特定情況（例如詰問之類的），那麼一般並不會這樣說，而是用我給對方即可：私は彼に本をあげる／私は彼にお金をあげる。

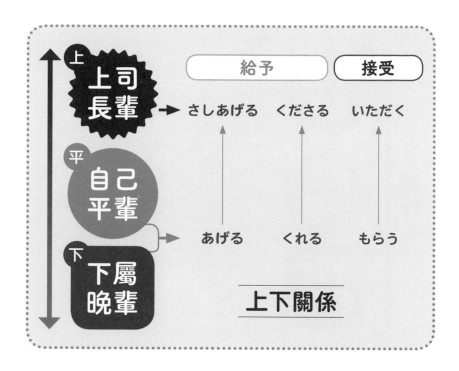

學會了內外關係（誰給誰的立場），現在要看的是上下關係（誰的身分地位高）。

對象為平輩、晚輩、親近的人：あげる、くれる、もらう

對象為長輩、上司或非親近的人：さしあげる、くださる、いただく

一般的用法	帶有敬意的用法
あげる	さしあげる
くれる	くださる
もらう	いただく

聲清了內外關係後，我們就要學習地位高低的用法，因此「我給老師一本書」是由內而外：「私は先生に本をあげる」，但老師身分地位比我高（日文我們稱「目上の人」），為了表示尊敬，要將「あげる」改為「さしあげる」，並且因為是尊敬用法，所以語尾也改為「ます」比較妥當。

私は先生に本をあげる ➡ 私は先生に本をさしあげます
先生は私に本をくれる ➡ 先生は私に本をくださいました
私は先生に本をもらう ➡ 私は先生に本をいただきました

　　而對於平輩、晚輩（日文我們稱「目下の人」）或者是親近的人則是用一般用法即可。

私は後輩に本をあげる。

我給學弟一本書。

後輩は私に本をくれる。

學弟給我一本書。

私は後輩に本をもらった。

我從學弟那裡得到一本書。

私は母さんに本をもらった。

我從媽媽那裡得到一本書。

▶ 媽媽是親近的人。

佐藤さんは鈴木さんに本をあげる。

佐藤給鈴木一本書。

佐藤さんは鈴木さんに本をもらった。

佐藤從鈴木那裡得到一本書。

補充

爸爸給妹妹書要用「あげる」、「くれる」？

　　當雙方都是自己人的時候，用「あげる」即可。因為「くれる」的意思是「給予方是別人」。而爸爸（給予方）是「我方」，不是

別人，所以用「あげる」比較自然。

○ 父さんは妹に本をあげる。 ▶ 自然。

△ 父さんは妹に本をくれる。 ▶ 違和感。

當接受方是「自己」，那麼除了自己以外都算對方

○ 父さんは私に本をくれる。 ▶ 自然。

× 父さんは私に本をあげる。 ▶ 錯誤。

○ 私は父さんに本をあげる。 ▶ 自然。

雙方都是自家人時，則不需要用尊敬語：

△ 私は父さんに本をさしあげます。 ▶ 太尊敬了。

○ 私は父さんに本をあげます。 ▶ 自然。

🐾 一起來練習

妹は私に本を（　　　　　　　）。

私は妹に本を（　　　　　　　）。

私は後輩に本を（　　　　　　　）。

後輩は私に本を（　　　　　　　）。

母さんは弟に本を（　　　　　　　）。

中川さんは麗子さんに本を（　　　　　　　）。

先生は私に本を（　　　　　　　）。

私は上司に本を（　　　　　　　）。

以上八題如果都答對，代表你觀念非常清楚了！

（答案在 P.206）

補充

「もらう」＝「くれる」

「もらう」的原意是我從別人那裡得到某物，換句話說，就是別人給我某物「くれる」的意思。所以意思是一樣的，但要注意主語跟對象語的位置，主語就是動作者。

私は彼に本をもらう ＝ 彼は私に本をくれる

我從他那裡得到一本書 ＝ 他給我一本書

私は彼からプレゼントをもらった ＝ 彼は私にプレゼントをくれた

我從他那裡得到禮物 ＝ 他給我禮物

「やる」的用法

在授受動詞中，「やる」是我方給予對方（地位低下的人）的意思，剛剛我們學到給予對方有一般的「あげる」，以及帶有敬意的用法「さしあげる」。而這裡的「やる」是對晚輩（目下の人）所使用的，但給人感覺較粗俗，所以比較少使用，大多都是用「あげる」。

例如：

お花に水をやる ➡ お花に水をあげる（澆花）

猫に餌をやる ➡ 猫に餌をあげる（給貓飼料）

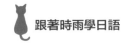
 # 「て形＋授受動詞」
～てあげる、～てくれる、～てもらう

　　學會了「授受動詞」之後，本單元將帶大家進入「て形的授受動詞用法」！

基本觀念

❶ ～てあげる：我為別人做某件事。

❷ ～てくれる：別人為我做某件事。

❸ ～てもらう：請對方為我做某件事。

🐾 ～てあげる：

句型　動詞第二變化（て形）＋あげる

例句：

1. 私は星野さんに料理を作ってあげる。

　　我幫星野小姐做料理。

2. 弟は光子さんにレシピを買ってあげる。

　　我弟弟幫光子小姐買食譜。

3. 春子さんは冬樹さんに本を送ってあげる。

　　春子送給冬樹一本書。

敬語的用法 動詞第二變化（て形）＋さしあげる

例句：

1. 私は先生にお茶を入れてさしあげました。

   我為老師泡茶。

2. 妹は真田さんに書類をコピーしてさしあげました。

   妹妹幫真田印資料。

3. 大田君はＡ社の社長さんを車で送ってさしあげました。

   大田開車送 Ａ 社老闆回去。

注意

此用法含有一種恩惠表現的意思，就是我幫對方做某件事（帶給對方恩惠 ➡ 好像自己很偉大），因此當上司長輩就是當事人（對方），就不宜直接使用。而以上的例子都是對第三人稱描述（我幫誰、我為誰做某件事），所以沒有問題。

當對方是同輩、晚輩或親近的人可以直接用「あげる」，並且有積極幫忙的好印象。

例如：

私：荷物、持ってあげるよ。

   讓我幫你拿行李吧！

友達：ありがとう。

   謝謝。

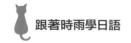

但是對方（當事人）如果是長輩、上司或不熟的人，用「さしあげる」就會很失禮。

私：お荷物を持ってさしあげましょうか

　　讓我來幫您拿行李吧！　▶ 失禮。

先生：え？あ、ありがとう……

　　啊？謝、謝謝……

這時候應該使用「謙讓語」會比較適當。

句型：お＋V2＋する

私：お荷物お持ちしましょうか。

　　讓我來幫您拿行李吧！　▶ 禮貌。

先生：ありがとうね。

　　謝謝。

而對第三人稱做描述時（對方並非當事人），則沒有問題。

1. 健二：昨日、ネネちゃんに荷物を持ってあげた。

　　　昨天我幫寧寧拿了行李。

雄太：そうか。

　　是喔。

2. 真田丸：昨日、先生を手伝ってさしあげました。

　　　我昨天幫了老師的忙。

源三郎：そうですか。先生は喜ばれたことでしょう。

這樣啊，老師一定很高興吧！

～てくれる：

句型　動詞第二變化（て形）＋くれる

例句：

星野さんは私に料理を作ってくれる。

星野小姐為我做料理。

光子さんは弟にレシピを買ってくれる。

光子小姐買食譜給我弟。

敬語的用法　動詞第二變化（て形）＋くださる

例句：

先生は私に本を買ってくださいました。

老師買了書給我。

課長は妹に書類をコピーしてくださいました。

課長幫我妹印資料。

～てもらう：

句型　動詞第二變化（て形）＋もらう

意思：請對方做某件事／對方為我做某件事／承蒙對方為我做
　　　某件事

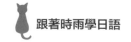

例句：

私_{わたし}は星野_{ほしの}さんに料理_{りょうり}を作_{つく}ってもらう。

星野小姐為我做料理。

兄_{あに}は光子_{みつこ}さんにレシピを買_かってもらう。

我哥請光子小姐買食譜給他。

田中_{たなか}さんは佐藤_{さとう}さんにポスターを貼_はってもらう。

田中請佐藤貼海報。

敬語的用法 　動詞第二變化（て形）＋いただく

例句：

私_{わたし}は先生_{せんせい}から本_{ほん}を買_かっていただきました。

我承蒙老師買書給我。

妹_{いもうと}は課長_{かちょう}に書類_{しょるい}をコピーしていただきました。

我妹承蒙課長印資料給她。

以上的意思都是「我得到或是我承蒙『對方為我做某件事』的恩惠」，中文要如何翻譯則視情況或前後文而決定，通順即可。

🐾 總結

私_{わたし}は 課長_{かちょう}に 本_{ほん}を 買_かってさしあげました。

我幫課長買書。

私_{わたし}は 後輩_{こうはい}に 本_{ほん}を 買_かってあげました。

我買書給學弟。

私は 部長に 本を 買っていただきました。

我承蒙經理買書給我。

私は 部下に 本を 買ってもらいました。

我請下屬買書給我。

社長は 私に 本を 買ってくださいました。

老闆買書給我。

後輩は 私に 本を 買ってくれました。

學妹買書給我。

一起來練習

用「てあげる」、「てくれる」做練習。如需使用尊敬語請改為「てさしあげます」、「てくださいます」，注意音便。

私は 弟に 写真を 撮っ（　　　　　　　　）

私は 同僚に 雑誌を 買っ（　　　　　　　　）

私は 先生に お茶を 入れ（　　　　　　　　）

妹は 私に 書類をコピーし（　　　　　　　　　）

課長は 私に 料理を 作っ（　　　　　　　　　）

對話：先生、写真を（　　　　　　　　　）

以上如果都對了就表示你的觀念很清楚囉！

（答案請見 P.206）

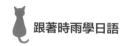
為什麼「頑張って」聽起來像「頑張っで」？ PTK

「PTK」一詞是學者為了方便外國人學習而做出來的，並不是日本原本就有的說法，甚至可以說，就算你問日本人什麼是PTK，應該都會冒出一堆問號（大部分應該都沒聽過）。是由於日本人發音本來就這樣了，後來的人才整理出一個法則，而非先有這個法則，所以日本人才這樣唸喔！

那麼，我們就來看一下吧！

PTK 法則

説明

單字之中如果出現「P、T、K」的日文，通常聽起來就會接近「B、D、G」。

例句：

❶ 頑張ってね（gan ba tte ne）➡ T

　↑ 聽起來會有點接近「頑張っでね」

❷ 待ってください（ma tte ku da sai）➡ T

　↑ 聽起來會有點接近「待っでください」

❸ いっぱい飲んでね(i ppa i non de ne) ➡ P

⬆ 聽起來會有點接近「いっぱいのんでね」

❹ そっか(so kka) ➡ K

⬆ 聽起來會有點接近「そっが」

※ 以上都是「接近」而已，實際上還是清音喔！

而如果單字一開頭就是 PTK，那麼就是很清楚的清音：

例句：

❶ 私は会社に行きます。(wa ta shi wa ka i sha ni i ki ma su)

⬆ 「会社」這個單字一開頭就是「K」，所以聽起來就是「開蝦」不會像「該蝦」。

❷ 彼は太郎です。(ka re wa ta ro u de su)

⬆ 「彼」和「太郎」也是一開頭就是「K」和「T」，聽起來就是「卡雷／他樓」。

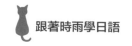

　　所以，只有在中間的「PTK」才會出現有點接近「BDG」的聲音。

　　原因是，出現在中間的PTK會讓句子唸得不順，因此會偏向「有聲音」的唸法。而如果開頭就是PTK則不會發音不順，聽起來就比較清楚。

　　「聽起來像濁音」的，其實就只是「不清楚的清音」而已。

　　寫的時候要小心，不要把「頑張って」寫成「頑張っで」囉！

　　常常會看到有些人唸太順，結果把「また」寫成「まだ」（意思不同），會發生這種事情就是這樣來的。

　　同樣地，剛剛說過這是發明給外國人學習的，所以一般日本人其實也不知道這件事，他們都會覺得自己沒有發音成「BDG」，也就是說，聽起來雖然很接近「頑張っで」（甘巴爹），但他們都會覺得自己唸的是「頑張って」（甘巴帖）。

　　這讓我想到以前在教一個日本人中文時，他把「吃飽」標音為「ツパォ」，當時我問他應該是「ツバォ」吧？

　　他說：「不對啦，是パォ才對。」

　　但我聽他發的音確實是中文的「飽（パォ）」，又問他「那バ怎麼唸？」

　　他想了想說「肉（台語）[bah] 吧」。

　　我：……！！

那時我才意識到這件事，就問他：「那『兔子跑了』怎麼說？」

日本人：肚……肚子……飽了……？（トゥ・ツ・パオ・レ）

我：……

雖然本來就聽說過 PTK，但沒想到會差這麼多。這就是有聲音跟無聲音的差別，日文其實沒有中文的「ㄆ（P）、ㄊ（T）、ㄎ（K）」這麼強烈的氣音，所以他們有聲無聲的差異距離就比較小，也難怪我們聽起來會覺得很像「ㄅ（B）、ㄉ（D）、ㄍ（G）」了。

以上簡單介紹，希望能夠幫助大家了解。

不懂嗎？來看看影片教學吧！（掃描以下 QR CODE）

甘巴爹？

甘巴帖？

第 4 卷

日語的漢字跟中文一樣啊，
為什麼不能套用呢？

許多華人會仰賴母語優勢，一看到漢字就不假思索地認為是中文的意思，雖然許多漢字的確跟中文意思雷同，但必須要了解每個語言都有它自己的歷史演進跟文化薰陶，所以還是有許多日文漢字與中文意思有微妙的差別，甚至完全不同。

接下來將帶各位認識常見的誤用漢字。

_{にんしき}
認識

◉ 日文「認識^{にんしき}」的定義：

　　意識到某事物的存在並且充分理解，能下正確的判斷。中文多譯為「認知、意識」，當主語為電腦、系統等非人物時，多用於「辨識、辨別、識別」。

　　重大事態^{じゅうだいじたいたい}に対する認識^{にんしき}が甘^{あま}い。

　　對於重大情勢的理解太過於天真。

　▶ 表示對於該事物內容的理解或認知是不足的，想法過於天真。

　　私^{わたし}の認識不足^{にんしきぶそく}でした。

　　是我的認知不足。

　▶ 表示自己對於該事物內容的理解與認知淺薄。

　　文字認識装置^{もじにんしきそうち}。

　　文字辨識裝置。

　▶ 辨識、辨別、識別該文字。

◉ 中文「認識」的定義：

　　知曉或確定某事物為何物或何人。相似詞為「知道、懂」。

時雨さんを知っていますか。

你認識時雨嗎？

► 不可用「認識」。

黒田とは知り合いです。

黑田是我認識的人。

► 不可用「認識の人」。

字が読めますか。

你認識字嗎？

► 不可用「認識」。

「認識的人」日文是「知り合い」，不要寫作「認識の人」喔！

「知り合い」就是指「單純認識」，不一定是朋友，所以如果把「友達」說成「知り合い」，你的「友達」會很傷心的。

相反地，把「知り合い」說成「友達」也會讓人覺得你在裝熟哦（笑）！

時雨的小小叮嚀

階段
<small>かいだん</small>

◉ 日文「階段」<small>かいだん</small>的定義：

不同高低差之間的通路，中文譯為「樓梯、階梯」。

子供が階段から落ちました。

小孩子從樓梯上摔了下來。

手すりが付いていない階段は危ないです。

沒有扶手的樓梯很危險。

１３階段の怖い話で気になって家の階段を数えてみました。

聽了 13 個樓階的恐怖故事感到很好奇，於是就數了家裡的樓
梯。

◉ 中文「階段」的定義：

事件發展的順序或段落。

きりのいいところで帰っていいよ。

工作告一個段落就可以回去囉。

健康に関わる課題は、ライフステージによって異なります。

健康相關的課題會隨著人生階段的不同而有所差異。

現段階では未来を予測できない。

現階段無法預測未來。

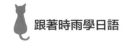

経理
けい り

◉ 日文「経理」的定義：
けい り

　　記錄資產變化、稅務相關資訊以及會計憑證撰寫與收發的人員。中文譯為「會計」。

わたし けい り たんとう
私は経理を担当しています。

我是會計的承辦人員。

し ぐれ まちけい り ぶ りん
時雨の町経理部の林でございます。

我是時雨之町會計部的林小姐。

わたし けい り ぶ しょぞく
私は経理部に所属しています。

我是會計部人員。

◉ 中文「經理」的定義：

　　在企業或政府組織的部門中經營或管理事務，並監督下屬的二級主管。

わたし えいぎょう ぶ ぶ ちょう
私は営業部の部長です。

我是業務部經理。

やっと部長に昇進しました。

終於升任經理了。

部長はゴルフをなさいますか。

經理打高爾夫球嗎？

時雨的小叮嚀

中文所說的「業務」其日文是「営業」，例如業務員的日文就是「営業マン」，日文雖然也有「業務」，但並不是我們平常說的跑業務或是業務部門的業務，而是指日常工作的事務內容，如「業務を引き継ぐ」就是接班（交接工作事務內容）的意思。

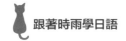

しゅじん
主人

◉ 日文「主人」的定義：
しゅじん

一家之主，中譯為「丈夫、先生、外子、老公」等。

しゅじん
ご主人はいらっしゃいますか。

您先生在家嗎？
しゅじん　いま る す
主人は今留守です。

我先生現在不在家。
しゅじん　なん じ　　かえ
ご主人は何時に帰りますか。

您先生幾點會回家呢？

※「ご主人」是用於稱呼對方的先生。

◉ 中文「主人」的定義：

權利或財務的所有者，能支配其掌控的所有事物。

かえ　　　　　　　　しゅじんさま
お帰りなさいませ、ご主人様。

歡迎回來，主人。
もう　わけ　　　　　　　　　　しゅじんさま
申し訳ございません、ご主人様。

對不起，主人。
しゅじんさま　　　　　　　　　よう む
ご主人様、どのようなご用向きでしょうか。

主人，請問有何吩咐？

時雨的
小叮嚀

「ご主人様」是指「主人、主子」的意思。如果
沒有加上「樣」就是指對方的老公，僅「主人」
二字則是自己的老公，差一個字意思就差十萬八千
里，需要留意。

◉ 日文「愛人」的定義：

依現代日語廣義解釋為「已婚者交往的對象非法律上登記的配偶」，中譯為「第三者」，俗稱「小三」。

経理は部長の愛人だそうです。

聽說會計是經理的小三。

実は、私には愛人がいます。

其實我有小三。

私はあなたの愛人になるつもりはない。

我並不打算成為你的小三。

◉ 中文「愛人」的定義：

心裡所愛之人，多為戀愛的對象，又稱為「情人或戀人」。

意外にも、彼女は理想的な恋人だった。

沒想到她是我理想中的愛人。

彼女は僕の永遠の恋人だ。

她是我永遠的愛人。

私はあなたの恋人になりたい。

我想成為你的愛人。

心地

◉ 日文「心地」的定義：

　　接觸某事物的心理感受之狀態，中譯為「感覺」、「心境」。

あの店はとっても居心地のいい空間でした。

那家店的空間給人感覺非常舒適。

この車、静かで乗り心地がいいですね。

這台車很安靜，乘坐起來很舒適呢。

このベッドは寝心地が悪いです。

這張床睡起來不舒服。

◉ 中文「心地」的定義：

　　即人的存心或用心。

彼女はとてもやさしいです。

她的心地很善良。

あいつは意地が悪いんだ。

那傢伙心地很壞。

意地悪いなやつ。

心地不好的傢伙。（壞心眼的傢伙）

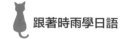

<ruby>深刻<rt>しんこく</rt></ruby>

◉ 日文「<ruby>深刻<rt>しんこく</rt></ruby>」的定義：

事態重大，到了無法輕忽的狀態，或事情到了讓人需要深思熟慮的地步，中譯為「嚴重」、「嚴肅」、「嚴峻」等。

<ruby>人口<rt>じんこう</rt></ruby>の<ruby>増加<rt>ぞうか</rt></ruby>は<ruby>深刻<rt>しんこく</rt></ruby>な<ruby>問題<rt>もんだい</rt></ruby>になっています。

人口增加已成了嚴重的問題。

<ruby>国内<rt>こくない</rt></ruby>の<ruby>輸出産業<rt>ゆしゅつさんぎょう</rt></ruby>は<ruby>深刻<rt>しんこく</rt></ruby>な<ruby>打撃<rt>だげき</rt></ruby>を<ruby>受<rt>う</rt></ruby>けた。

國內的出口產業受到了嚴重的打擊。

<ruby>深刻<rt>しんこく</rt></ruby>に<ruby>悩<rt>なや</rt></ruby>んでいます。

極度煩惱。　（問題大到需要讓人深思熟慮）

◉ 中文「深刻」的定義：

深入、深遠，難以忘懷。

<ruby>印象<rt>いんしょう</rt></ruby>に<ruby>残<rt>のこ</rt></ruby>っています。

印象很深刻。

<ruby>一番印象<rt>いちばんいんしょう</rt></ruby>に<ruby>残<rt>のこ</rt></ruby>っているキャラは<ruby>誰<rt>だれ</rt></ruby>ですか。

最讓你印象深刻的角色是誰？

<ruby>一番印象<rt>いちばんいんしょう</rt></ruby>に<ruby>残<rt>のこ</rt></ruby>っていることは<ruby>何<rt>なん</rt></ruby>ですか？

印象最深刻的事情是什麼？

迷惑 _{めいわく}

◉ 日文「迷惑 _{めいわく}」的定義：

因他人的行為而感到不快或紛擾不安，中譯為「困擾」、「麻煩」。

ご迷惑おかけして申し訳ございません。

很抱歉造成您的困擾。

人に迷惑をかけないようにしてください。

請不要帶給人家麻煩。

私が至りませんで、ご迷惑をおかけしてしまいました。

因我的不周而造成您的麻煩。

◉ 中文「迷惑」的定義：

無法辨別事態，摸不著頭緒而感到迷惘。

この本は難しすぎて、何が何だかわからない。

這本書很難，讓我很迷惑。

意味不明すぎて何が何だか分からない。

意義不明，讓人很困惑。

何が何だか分からないので、もう一度説明してもらいました。

由於感到很迷惑，因此請對方再次說明。

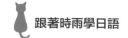

しんぶん
新聞

◉ 日文「新聞」的定義：
しんぶん

將社會大小事以陳述事實方式記載於刊物上，中譯為「報紙」。

スマホが普及してから、新聞を読む人がどんどん減ったよね。
ふきゅう　　　　　　　しんぶん　よ　ひと　　　　　　　へ

自從智慧型手機普及之後，看報紙的人越來越少了呢。

お父さんは毎朝、新聞を読んでいます。
とう　　　　まいあさ　しんぶん　よ

爸爸每天早上都看報紙。

若い人は新聞を全然読まなくなっています。
わか　ひと　しんぶん　ぜんぜんよ

年輕人都不看報紙了。

◉ 中文「新聞」的定義：

由媒體機構不限形式發布最新社會消息，如透過電視、報紙、
廣播或網路等傳達社會信息。

ニュースによるとアメリカに大地震があったそうだ。
だいじしん

根據新聞播報，美國好像發生了大地震。

お父さんは毎晩、ニュースを見ています。
とう　　　　まいばん　　　　　　み

爸爸每天晚上都看新聞。

そのニュースを聞いて大変驚きました。
き　たいへんおどろ

聽到那則新聞感到非常震驚。

しんじゅう
心中

◉ 日文「心中」的定義：

　相愛的兩人殉情，或與親密之人（如家人）一同赴死。

　いっ か しんじゅう
　一家心中。

　全家自殺。

　おや こ しんじゅう
　親子心中。

　親子一同赴死。

　ふう ふ しんじゅう
　夫婦心中。

　夫妻雙雙殉情。

◉ 中文「心中」的定義：

　心裡、內心。

　かのじょ　　　こころえ　　　　　　すこ　　　　あわ
　彼女はよく心得ていたので、少しも慌てなかった。

　她心裡已經有數，所以一點也不慌張。

　かのじょ　えいえん　ぼく　こころ　い　つづ
　彼女は永遠に僕の心に生き続ける。

　她將會永遠活在我的心中。

　　　　　　こころ　あくま　す
　みんなの心に悪魔が住んでいる。

　每個人的心中都住著惡魔。

157

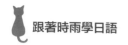

老師來不及教的「句尾＋では」是什麼意思？

我們都知道「では」是什麼意思，用在句首表示轉換話題（如：では、始めましょう），放在句中表示推估（如：では、睡眠不足ですね），或是「で＋は」表時間、場所或方法手段等，如：この仕事は２時間では終わらない……等。

但常常聽到句尾講到「では」就結束了，這邊的「では」又是什麼意思呢？

なんでもかんでも正解にするのはよくないのでは？

這邊是省略的用法，口語中為求簡潔俐落，經常會省略一些字，句末的「では」就是「ではないか」的縮寫，是一種推測的反問語氣，表示「說話者也不太確定，但推估是如此」。

豆知識

句尾＋では

句末＋では（＝ではないか）

表示推測的反問語氣，中文多譯為「～吧？／～嗎？」

❶ なんでもかんでも正解にするのはよくないのでは？

什麼都要弄成對的其實並不好，不是嗎？

❷ 開店時間を早くする方がいいのでは？

提早開店的時間會比較好吧？

❸ この値段はちょっと高いのでは？

這價錢會不會太高了點？

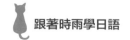

自學者常見問題

1. 不知道重音是什麼？

重音的日文稱作「アクセント」，即英文中「Accent」的意思。所謂的重音，並非指唸得很重，而是指某音節為高音的意思。

在學習日語時，重音是不可或缺的學習。如果不會重音，發出來的音就像俗稱的「五音不全」，在日文當中，如果沒有掌握好重音，可能會使日本人聽不懂你的日文，甚至誤會你的意思（地區方言則另當別論）。

例如：

<ruby>花<rt>はな</rt></ruby>が<ruby>高<rt>たか</rt></ruby>い　　重音：<ruby>花<rt>はな</rt></ruby> [2] <ruby>高<rt>たか</rt></ruby>い [2]　　花很貴。

<ruby>鼻<rt>はな</rt></ruby>が<ruby>高<rt>たか</rt></ruby>い　　重音：鼻 [0] <ruby>高<rt>たか</rt></ruby>い [2]　　驕傲、得意洋洋。

以上兩句平假名都一樣，且花與鼻如果只唸單字的話發音也一樣，但是在接助詞「が」時，就能感受到差異，如果重音唸反了，意思也會不同，雖然各地方言的重音亦略有不同，但學習重音仍是相當重要的。

重音標示有兩種，一種為數字標音，一種為劃線標音。

● 數字標音：[0][1][2][3]...
● 劃線標音：┌─ 、 ── 、 ──┐ ...（在日文字上標示線頭）

重音分類有「平板型」「頭高型」「中高型」「尾高型」四種。

※ 藍字為高音 ※

平板型：數字標示為 [0]，劃線標示為 "┌──" 或 "──"。
即該單字只有第一個音為低音，其餘皆為高音。（也有說法是沒有
重音的意思）

さくら（桜）　　はな（鼻）

頭高型：數字標示為 [1]，畫線標示為 "┐"。即該單字只有
第一個音為高音，其餘皆為低音。

えき（駅）　　アクセント（accent）

中高型：數字標示為 [2][3][4][5]... 等等，畫線標示為 "┐"。
當該單字音節超過三個，中間高音其餘皆為低音時則為中高型。
（就是只有中間的字是高音，頭跟尾是低音）

ひくい（低い）[2]　　せんせい（先生）[3]

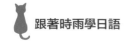
なつやすみ（夏休み）[3]　　　あたたかい（暖かい）[4]

尾高型：數字標示為 [2][3][4][5]... 等等，畫線標示為 " ┐ " 。
即該單字有幾個音節，其數字就為幾。發音則跟平板型一樣，但是
接助詞時則助詞須變成低音。

はな（花）[2]　　　あたま（頭）[3]　　　いもうと（妹）[4]

平板音與尾高音的差別

　　一般來說，初學者容易將平板型與尾高型混淆，而這兩者最大
的差別其實只在於後接詞的發音不同而已。

　　同樣拿「花」與「鼻」來舉例：

平板型 [0]：はなが　　たかい （鼻が高い） 助詞 が 為高音

尾高型 [2]：はなが　　たかい （花が高い） 助詞 が 為低音

　　因此，我們發現，當只有唸單字時，都一樣是頭低音其餘高音，
但是當後面還有接其他詞時，則一個是繼續高音，另一個則是轉為
低音。

劃線標記中的「橫線」跟「直線」所代表的意義？

一般普遍使用數字標音，但初學者為了學習認識重音，有些教科書上也會使用劃線標記，而劃線標記可以看到有「橫線」跟「直線」。

如："「" 這個劃線標記就是先直線再橫線。直線的意義在哪呢？

其實直線是表示音調開始變化的意思，因此任何只要看到直線，表示接下來的音將會與前面所不同。

切記一個要訣！任何一個單字的第一個音節與第二個音節絕對不會一樣！

請記住這個技巧，如此一來很多劃線標記就能看得懂了。

例如：

はな（花）[2]

雖然通常劃線不會頭跟尾都劃上直線，但實際上發音是這樣：

はな（花）[2]

因此，就算沒有劃上直線，只要記住一個原則，就是第一個音絕對不會跟第二個音一樣，如果第一個音是高音，第二個音絕對是低音。反之則倒過來。

有了這個原則，就不會因為一些劃線習慣上的差異而導致你看不出來重音在哪裡了。

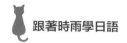

音節計算方式

　　基本上一個假名算一個音節，而長音、促音、拗音也必須當作一個音節來計算。

　　例如：

　　に ほ ん ご [0] 四個假名＝四個音節 此處為 0 號音（平板音）藍字皆為高音，要注意的是重音絕對不會落在鼻音（ん）上（所以這題絕對不可能為 3 號音）。

　　も っ て い く [1] 五個假名＝五個音節 此處為 1 號音（頭高音）故藍字為高音，要注意的是重音也絕對不會落在促音（っ）上（所以這題絕對不可能為 2 號音）。

　　お と う さ ん [2] 五個假名＝五個音節 此處為 2 號音（中高音） 故藍字為高音，要注意的是此處的長音（う）也算一個音節。同樣的重音也不可能會落在鼻音 [5]。

　　きゅ う し ょ [3] 三個假名＝三個音節 此處為 3 號音（尾高音）藍字皆為高音，要注意的是拗音（きゅ）跟（しょ）算一個音節，故總共為三音節。

當字典查到的單字有兩個重音時，該怎麼辦？

有些單字是可以有兩種重音，通常放在第一個重音的是常用重音，因此若不知道該怎麼唸，就以第一個重音為準。

如：きゅうしょ（急所）[0][3]，這個單字基本上就以 [0] 號音為準。

課本上的重音跟聽到日本人發音的不一樣？

由於語言是活的，因此正確標音雖然已經有制定，但是說話時可能會受到情緒、口氣、腔調甚至地方腔等影響而改變。

例如：き̄れい（綺麗）重音是 [1]（頭高音）。因此應該會聽到只有き是發出高音，而れ跟い皆是低音。

但是常常可以聽到很激動的口吻說：きれ̄い̄ 變成重音 [0] 號的平板音了。其實原因很簡單，那只是因為當事人情緒高昂，所以講話當然就上飄了。就像我們的中文雖然有四聲，可是因為情緒波動或是口氣的關係而改變其音。例如「耶」這個字是一聲，但是由於太高興了，所以發出的音是像是四聲（葉）。大概類似這樣的感覺。

總之，如果撇開情緒、腔調、口氣等外在因素，正常講話時仍然可以聽見日本人說重音 1 的「きれい」了

另外，雖說根據日本地區的不同發音可能也會不太一樣，例如：「今̄」這個字在關東唸 1 號音（頭高型），而在關西則唸做 2 號音（尾高型）。學習上如怕混淆，不妨先學習關東音，因為無論是重音字典上標示的音還是日本新聞播報都是以東京日語發音為主。

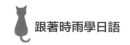

2. 沒聽過母音無聲化？

　　所謂母音無聲化就是說原本的母音是具有聲音的，但因前後都是無聲子音的關係而無法震動聲帶，故消音。此為母音無聲化。

　　可以不用去背它，只要知道有這件事就好，在聽日文學日文的時候稍微注意一下就會明白了。學久了自然就會發音。

　　母音無聲化的條件：
　　1. 假名是「i」或「u」結尾＋無聲子音。如：き、く、し、す、
　　　 ち、つ、ひ、ふ、ぴ、ぷ、しゅ
　　2. 句尾的假名結尾是「u」。如：～です。～ます。

　　而所謂的無聲子音指的就是聲帶不會震動、類似氣音的音，如「s」、「k」、「t」等，其代表字為：か行、さ行、た行、は行、ぱ行，以及拗音部分：きゃ行、しゃ行、ちゃ行、ひゃ行、ぴゃ行。

　　也就是說，當假名結尾是（i 或 u）的母音前後都接上「k」、「s」、「t」、「h」、「p」，那麼開頭的的子音就會產生母音無聲化。

常見的母音無聲化

藍底部分為無聲化，只需輕輕發出即可，類似氣音。注意藍色的羅馬拼音，其前後都是無聲子音（類似氣音）[畫線部分]。

❶ 学生（がくせい）ga ku se i

❷ 人（ひと）hi to

❸ 切手（きって）ki tte

❹ 機会（きかい）ki ka i

❺ 宿題（しゅくだい）shu ku da i

❻ 大好き（だいすき）da i su ki

❼ 私は台湾人です（わたしはたいわんじんです）wa ta shi wa tai wan zin de su

❽ よろしくお願いします（よろしくおねがいします）yo ro shi ku o ne ga i shi ma su

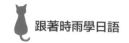

3. 聽力都聽不懂，跟讀都跟不上？

在發布「如何學習發音」的影片之後，獲得不錯的迴響，不過有讀者反應，在練習聽寫時都聽不懂，或是跟讀完全跟不上，要怎麼辦？

＊掃描以下 QR CODE 觀看「如何學習發音」

在此，時雨針對「聽力都聽不懂，跟讀都跟不上」的問題，提供一些方法。

進入正文前，跟分享大家一個原則：

聽得懂 ≠ 會說

會說 ＝ 聽得懂

也就是說，很多人都大概聽得懂日劇或動漫內容，甚至日本朋友的談話內容，但就是不會說。反過來，如果「會說」，就一定聽得懂！除非，你不知道自己在講什麼⋯⋯所以，練聽力時，請務必揪嘴巴一起來練。

以下，我們就來練習聽力跟速度：

首先先準備一個有文字跟音檔的網站來練習，這裡提供 3 個適合自學者練習的網站：

❶ NHK 日本兒童新聞（簡易）

❷ 福娘童話集（簡易）

❸ 青空文庫（偏難）

以上都是有文字跟音檔，不過它們都屬於「文章型」的內容，如果希望聽得懂日本人日常的說話內容，就要找綜藝節目之類的。

接著，我們就來按照以下的步驟來練習：

❶ 先從頭到尾聽一次，掌握綱要即可。

❷ 逐句聽寫，把聽到的寫下來。

❸ 再聽一次，注意剛剛不懂的詞彙。

❹ 看答案，把還是不懂的地方搞懂。

❺ 重聽一次，確定是否都聽懂了。

STEP 1. 掌握綱要

很多時候我們並不需要一個字一個字全都要懂，掌握綱要的意思就是知道整段內容的核心意思即可，也就是「邏輯問題」。

舉一個例子：

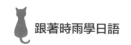

　　颱風來的時候，風都會_____，因此樹木跟電線桿容易_____，由於招牌有_____的可能，因此建議不要外出。

　　假設空白部分剛好都有火車經過導致聽不到，但這並不會影響我們理解這段話的意思，甚至我們還可以幫它補回去：

　　颱風來的時候，風都會變強，因此樹木跟電線桿容易倒塌，由於招牌有掉落的可能，因此建議不要外出。

　　所以「掌握綱要」跟「邏輯思考」很重要。

STEP 2. 逐句聽寫

　　日常對話其實只要掌握綱要就可以了，不過今天這個主題就是要認真練習聽力，所以我們要把剛剛聽不懂的部分加強（如前面說的變強、倒塌、掉落）。

　　掌握綱要之後再透過邏輯推斷，其實很容易就能拼湊出聽不懂的部分。

　　不過前提是「知道該單字」。所以，如果「不知道該單字」，就只能先練習聽出假名。

　　例如，我們都不知道「變強」、「倒塌」跟「掉落」的日文。但至少要訓練到把音聽出來：つよくなる、たおれる、おちる。如果聽出來了，但不知道意思，可以查字典。

STEP 3. 重聽一次

接著就是再回到步驟一，也就是完整從頭聽一次，並留意「原本不知道的單字」。

STEP 4. 查看文字

此階段可以看文字檔了，然後特別留意「沒聽出來的」或「尚不知道的單字」，把它們搞懂、吸收。

STEP 5. 最後重聽

最後我們已經聽了好幾回，也把不懂的搞懂了，就聽最後一次，看看自己是否全部都聽懂了。

以上就是練習聽力的方法。

另外，練習速度（跟讀）的部分，可以先從「NHK 日本兒童新聞」開始，它的語速很慢，請至少訓練到能跟得上它的速度。如果無法，可能有兩個原因：❶不知道重音跟語調（請參考影片內容提供的 OJAD 網站）、❷本身可能是剛開始學或開口經驗極少的初學者，由於對日文的發音太陌生，比較反應不過來，但這些都會透過「跟讀」的練習慢慢進步。

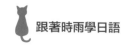
跟讀 & 速度

　　步驟：準備 NHK 日本兒童新聞腳本 ＞ 到 OJAD 查音調起伏 ＞ 自己先唸到順 ＞ 播放 NHK 日本兒童新聞腳本的音檔 ＞ 跟著它一起唸（或逐句唸）

　　以上屬於「精聽」訓練（平常我們聊天講話或看電視那種屬於泛聽），所以精聽會比較無聊且吃力（要聽好幾回，還要查單字），但精聽會幫助你逐漸變成泛聽就能聽懂。

　　因為精聽較為乏味，如果能針對「自己有興趣的內容」來訓練，效果會更好，像是鎖定某部日劇，把它聽飽聽滿，會比常常看很多日劇（泛聽），卻還是都聽不懂要來得有效多了。

4.「です」的進階版「でございます」

各位都學過斷定用法的「です(禮貌體)」和「だ(普通體)」。今天要介紹的是更為禮貌用法的「～でございます」。

「でございます」是「です」更有禮貌的說法。例如：トイレは三階<ruby>三階<rt>さんかい</rt></ruby>です ➡ トイレは<ruby>三階<rt>さんかい</rt></ruby>でございます。由於這是很恭敬、客氣的用法，因此多用於商務往來之間的對話。

名詞＋でございます

句型　名詞＋でございます

例句：

❶ はい、<ruby>東京商事<rt>とうきょうしょうじ</rt></ruby>でございます。

您好，這裡是東京商事。

❷ こちらは<ruby>課長<rt>かちょう</rt></ruby>の<ruby>山田<rt>やまだ</rt></ruby>でございます。

這位是山田課長。

❸ <ruby>私<rt>わたし</rt></ruby>は<ruby>佐藤<rt>さとう</rt></ruby>でございます。

我是佐藤。

形容動詞＋でございます

句型　語幹＋でございます

例句：

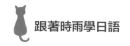

❶ この辺りはとても不便でございます。

這一帶非常不方便

❷ 国民の信任を得ることが必要でございます。

取得國民信任是必要的。

❸ 現実の生態系は大変複雑でございます。

現實的生態系是非常複雜的。

形容詞＋ございます

句型　形容詞「ウ音便」＋ございます

「ウ音便」顧名思義就是將發音改為「ウ的音」，這為了讓發音方便而來的。

😺 規則一：

語幹為「ア段音」時，改為「オ段音」，語尾改為「う」＋ございます

例句：

❶ ありがたい（感謝的）➡ ありがとうございます（謝謝）

❷ おめでたい（可喜可賀的）➡ おめでとうございます（恭喜）

❸ おはやい（早）➡ おはようございます（早安）

※ 原理：ありがたい ➡ ありがたくございます ➡ ありがとうございます

😸 規則二：

語幹為「イ段音」時，改為「拗音＋う」＋ございます

例句：

❶ 嬉<ruby>嬉<rt>うれ</rt></ruby>しい ➡ 嬉<ruby>嬉<rt>うれ</rt></ruby>しゅうございます（開心）

❷ 美味<ruby>美味<rt>お い</rt></ruby>しい ➡ 美味<ruby>美味<rt>お い</rt></ruby>しゅうございます（美味）

❸ 大<ruby>大<rt>おお</rt></ruby>きい ➡ 大<ruby>大<rt>おお</rt></ruby>きゅうございます（大的）

※ 原理：嬉しい ➡ 嬉しくございます ➡ 嬉しゅうございます

😸 規則三：

非上述兩者則將語尾改為「う」＋ございます

例句：

❶ すごい ➡ すごうございます

❷ あつい ➡ あつうございます

❸ ひどい ➡ ひどうございます

※ 原理：すごい ➡ すごくございます ➡ すごうございます

※ 規則二跟規則三的ございます用法偏向古語，平常不會這樣講。

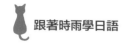

5. 常見的文法誤解：關於 V4 連體形這回事

日文文法常常用數字表示第幾變化，如下表：

用言	簡易標記
動詞	V1、V2、V3、V4、V5、V6、V7
形容詞	A1、A2、A3、A4、A5
形容動詞	NA1、NA2、NA3、NA4、NA5

名詞為體言（無活用），它的變化是借形容動詞的表格，所以部分變化是一樣的。

當在文法書上看到「V2＋た」就表示是動詞第二變化加上「た」的意思。

但問題來了！

常見困惑點

文法 「活用語第四變化＋ので」表原因

比如說這個文法，就是指「動詞、形容詞、形容動詞……等」的第四變化加上「ので」，我們來看看例句：

❶ 雨が降ってきたので、試合は中止します。

❷ あまりに暑いのでエアコンをつけました。

❸ 図書館は静かなので、勉強に集中できます。

❹ 今日は日曜日なので、電車は空いています。

從上述例句，❷❸都沒有問題，但是❶卻常常被誤解為「動詞第二變化過去式」＋「ので」，進而產生困惑。而❹是名詞，雖然文法上寫活用語四變，先前說過名詞無活用，但名詞還是有變化表，只是是向形容動詞借來的，因此可使用在本文法上（會發現也是用な來接續）。

解説

❶ 雨が降ってきたので、試合は中止します。

這句並不是「動詞第二變化過去式」＋「ので」，順序上被誤解了，以下拆解給大家看看。

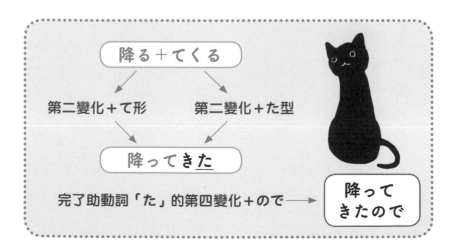

降る＋てくる

第二變化＋て形　　　第二變化＋た型

降ってき<u>た</u>

完了助動詞「た」的第四變化＋ので　→　降ってきたので

也就是說，並不是「降る」的第四變化，而是要看「ので」前面那個字的第四變化，也就是完了助動詞「た」的第四變化！

完了助動詞「た」也是有變化表格的：

一變	二變	三變	四變	五變	六變
たろ	――	た	た	たら	――

所以如果看到「第四變化＋XXX」而例句出現「～たXXX」就是指這個意思！

概念釐清

以下全部都是第四變化＋ので

❶ 行くので

❷ 行ったので

❸ 行きますので

❹ 行きましたので

❺ 行かないので

❻ 行きたいので

請注意藍字的地方，「行きます」的第二變化是指「行き」不是指「ます」。「行かない」的第一變化也是指「行か」而不是「ない」。

助動詞的變化表

　　除了完了助動詞「た」還有很多助動詞都是有變化表格的，以下整理給大家：

ます（敬體助動詞。最常見的ます形，來看看他的廬山真面目）

一變	二變	三變	四變	五變	六變
ませ ましょ	まし	ます	ます	――	ませ まし

　　從此表來看，「ます」也是有第四變化的！例如「行きますので」，並不是指「行く」的「第二變化」而是指「ます」的「第四變化」＋「ので」。

ない（否定助動詞）

一變	二變	三變	四變	五變	六變
なかろ	なかっ なく	ない	ない	なけれ	――

たい（希望助動詞）

一變	二變	三變	四變	五變	六變
たろ	たかっ たく	たい	たい	たけれ	――

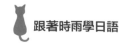

（さ）せる（使役助動詞）

一變	二變	三變	四變	五變	六變
（さ）せ	（さ）せ	（さ）せる	（さ）せる	（さ）せれ	（さ）せろ （さ）せよ

（ら）れる（能力助動詞・尊敬助動詞）

一變	二變	三變	四變	五變	六變
（ら）れ	（ら）れ	（ら）れる	（ら）れる	（ら）れれ	――

（ら）れる（被動助動詞）

一變	二變	三變	四變	五變	六變
（ら）れ	（ら）れ	（ら）れる	（ら）れる	（ら）れれ	（ら）れろ （ら）れよ

そうだ（樣態助動詞）

一變	二變	三變	四變	五變	六變
そうだろ	そうだっ そうで そうに	そうだ	そうな	そうなら	――

そうだ（傳聞助動詞）

一變	二變	三變	四變	五變	六變
――	そうで	そうだ	――	――	――

ようだ（比況助動詞）

一變	二變	三變	四變	五變	六變
ようだろ	ようだっ ようで ように	ようだ	ような	ようなら	――

らしい（推量助動詞）

一變	二變	三變	四變	五變	六變
――	らしかっ らしく	らしい	らしい	――	――

補充

其他標記說明

S：句子

R：動詞二變（連用形），如行き、飲み……

Vる：辭書形，如行く、飲む、入る……

Vた：動詞過去式、行った、呼んだ……

有些文法書會使用上述方式來取代數字，供參考。

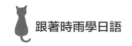
6. 深談片假名的使用

片假名的功用有以下這四種用法：❶外來語、❷擬聲擬態語、
❸動植物學名、❹強調。而其實片假名的使用其實非常廣泛，廣泛
到幾乎可以說是濫用了，但不可能把所有情境都列出來，因此以上
是最主要的四種用法。

不過，隨著學習者接觸越來越多的日文，就會發現有些片假名
實在難以用「強調」去想像，因此這篇就誕生了，以下將為大家介
紹更詳細的──「カタカナ」。

❶ 外來語

片假名是一個很方便的文字，經常用於表示單純的發音，因此
用片假名來標示外來語是非常便利的。

而所謂的外來語，就是從國外傳進來日本原本並不存在的詞
彙，像「パソコン（電腦）」，當日本認為不需要特別為這些專有
名詞另外造一個和語時，就會選擇直接音譯。

另外，日常生活中的會話也會傾向於簡單的講法：パソコン ＞
個人電子計算機。

❷ 擬聲擬態語

剛剛提到片假名經常用於表示單純的發音，所以無論是爆炸的
「ボンー」還是拍照的「パシャ」都會使用外來語，擬態也是同樣

道理，如「ニコニコ」。

❸ 動植物正式學名

在學術名稱上會使用「外來語」來標記動物或植物，如「トラ」、「ネズミ」。但日常生活中多用假名或漢字：「虎／とら」、「ねずみ／ネズミ」。

❹ 強調

強調的意思是「吸引對方注意這個字」、「放大這個字」，例如「コレはなに？（這個是什麼啊？）」、「イヤだよ！（我不要啦！）」等等。

❺ 弱化

對，你沒看錯，就是弱化它，跟強調相反。但片假名其實就是這麼方便，強調也是用它，弱化也是用它，怎麼用真的是要多看原文書、多聽人家講，很快就感覺得出來就是不一樣。

先來舉個例子：「日本語能力試験」。這給人的感覺就是一場重大的檢定考，但當改為「日本語能力テスト」，感覺就是小考而已。

在某些情境上，漢字比片假名更沉重，因為最早傳入日本的文字是漢字，在古代日本正式的文書都是漢字，這就是為什麼漢字給人的感覺很正式、鄭重。

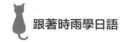

但反過來，「嫌<ruby>嫌<rt>いや</rt></ruby>だよ！」跟「イヤだよ！」感覺又不一樣，「嫌だよ」就是「我不要」而已，這裡的漢字是表意字（表示嫌棄、討厭），而「イヤ」是單純的表音，所以有把那種「ㄅㄨˋ一ㄠˋ（bú yào）」的聲音放大的效果。

⑥ 新鮮感、時尚感、酷炫感

剛剛說漢字是日本最早的文字，因此同時也代表著古老、正經。有些日本原本就已經有的詞彙，為了帶給人一種新鮮感，會故意使用片假名，例如「<ruby>経済<rt>けいざい</rt></ruby>」用「ビジネス」、「<ruby>化粧<rt>け しょう</rt></ruby>」用「メイク」，但近年來也導致了片假名的氾濫，有些句子濫用到連日本人自己都看不出來到底是在看日文還是在看外文。

例：

<ruby>結果<rt>けっ か</rt></ruby>にコミットする。（<ruby>責任<rt>せきにん</rt></ruby>をもって<ruby>結果<rt>けっ か</rt></ruby>を<ruby>出<rt>だ</rt></ruby>す。）

負起責任以達到最好的結果。

コンセンサスを<ruby>得<rt>え</rt></ruby>た。（<ruby>合意<rt>ごう い</rt></ruby>した。）

達成協議。

⑦ 適當節點

如果沒有漢字的情況下，只使用平假名會造成閱讀不易，這時候用片假名作為區分就容易閱讀。

例：

【僅使用平假名】

ぼうるをてぃいあっぷし、ぷれしょっと・るうてぃんを行<ruby>行<rt>おこな</rt></ruby>い、いよいよあどれすに入<ruby>入<rt>はい</rt></ruby>ります。

【片假名與平假名混和】

ボールをティーアップし、プレショット・ルーティンを行<ruby>行<rt>おこな</rt></ruby>い、いよいよアドレスに入<ruby>入<rt>はい</rt></ruby>ります。

❽ 取代原物

　　取代原物的意思是原本日本就有這個單字，但相似的物品無法用這個單字來表示時就會用外來語。例如「床（とこ）」跟「ベッド」，日本原本就有「床（とこ）」這個字，但這是指鋪地板睡的床，跟我們一般睡在床鋪上的床（Bed）不一樣，所以就有了「ベッド」這個詞彙。相似的例子還有「米」跟「ライス」，「お菓子」跟「スイーツ」等等。

❾ 特別重視的對象、年輕用語

　　關於人稱「僕、君、俺」的使用方式，其實還是要看情境，這個就比較沒有統一性，根據不同情境、不同的人，甚至是不同年紀的人，都有不同的感受。這裡稍微再略提一下，我在日語稱呼的差別中有提到自稱時通常「平假名」較委婉些，「片假名」較強的些，「漢字」則介於中間。

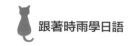

強硬、強勢 ＞＞＞＞＞＞ 委婉、柔弱
オレ ＞ 俺 ＞ おれ ＞ ボク ＞ 僕 ＞ ぼく
經典人物參考：胖虎（オレ） ＞ 小夫（ボク） ＞ 大雄（ぼく）

　　另外「片假名」給人一種年輕人在用的感覺，所以「ボク」會
比「僕」感覺更年輕。

　　而第二人稱的「君」如果用「キミ」，則表示「特別重視的對
象」。比方說，「君が好きだ」是一般平舖直述，「キミが好きだ」
則是對這個人有特別的情感。

　　以上共列了九種，希望對讀者有幫助。你說會不會有不在這九
種之內的用法？當然，語言是活的，應該還是會有以上九種都無法
解釋的例子。但我認為，用前述提到的基礎四種分類就很夠了，比
方說「キミ」也可以說是「強調你這個人對我很重要」。

7. 關於日文的鼻濁音

　　正好「日文討論區」有人討論到這個話題，今天就分享一下關於日語中的鼻濁音。「が」其實有兩種唸法，一種就是我們都熟知的「ga」，另一種就比較少見了，唸做「nga」（語言學上標記為〔ŋa〕），在語言學（言語学）中這些帶有鼻音的「が・ぎ・ぐ・げ・ご」就稱為鼻濁音（びだくおん）。

什麼是鼻濁音？

　　鼻濁音日文稱為「びだくおん」，簡單來說就是「が・ぎ・ぐ・げ・ご」這五個字帶有鼻音的意思，在日本《NHK アクセント辞書》中將鼻濁音標記為「か゚・き゚・く゚・け゚・こ゚」，也就是「か行」加上「゚」，但這跟半濁音的「ぱ・ぴ・ぷ・ぺ・ぽ」的口唇破裂音不同，「か゚・き゚・く゚・け゚・こ゚」是將原來的濁音「が・ぎ・ぐ・げ・ご」藉由鼻音發出的（又稱為軟顎鼻音／後鼻音）。

　　「鼻濁音」主要出現在關東地區（其他地區幾乎不使用），但即使是關東地區，現在使用的人也漸漸減少了。特別是年輕人幾乎不使用，甚至有年輕人不知道「鼻濁音」是什麼。不過，在新聞播報、廣播或配音等，仍使用「鼻濁音」。

　　日常生活中較少人使用鼻濁音，因此不一定要模仿（知道有這件事即可），不過在日本新聞播報、廣播或配音上，仍使用鼻濁音。

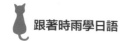

鼻濁音的規則？

這裡淺談大規則：

只用在「が‧ぎ‧ぐ‧げ‧ご」（濁音）這五個字上，且不是出現在詞首，也就是當出現在字中或字尾時，經常發生鼻濁音現象。

例：

音楽（おんがく）→ おんがく

すみませんが →すみませんが

村議会（そんぎかい）→ そんぎかい

すぐ → すぐ°

大道芸（だいどうげい）→ だいどうげい

卵（たまご）→ たまご

不使用鼻濁音

出現於字詞之首以及外來語不使用鼻濁音。

字詞之首

学生（がくせい）

技術（ぎじゅつ）

具体的（ぐたいてき）

芸能人（げいのうじん）

誤解（ごかい）

外來語

ガーデン

イギリス

グループ

ターゲット

ゴルフ

補充

　　一般數字５的「ご」也不使用鼻濁音，但如果是夾在名詞中的五，由於並非一般數數的五，因此可能會有鼻濁音的現象。

　　例：

數字 5：ご（濁音）

十五夜：じゅうごや（鼻濁音）

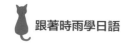

怎麼發鼻濁音？

　　鼻濁音就是原本的濁音帶有鼻音，就像台語的「自我（tsū-ngóo（ŋó））」或是廣東話的「我（ŋo）」，我們先唸熟悉的「ま行」看看，因為「ま行」也是帶有鼻音。

　　先來唸一次：ま、み、む、め、も

　　再唸鼻濁音：が、ぎ、ぐ、げ、ご

　　會發現「が、ぎ、ぐ、げ、ご」帶有鼻音，這樣就是鼻濁音了。

　　本單元僅作為簡易說明，實際運用仍有例外（如古外來語等）。如有看到非上述規則的例子，又想探究其中的讀者，建議可以直接研究語言學。

8. 用「たら」走遍天下（不管と・ば・なら了）

　　講「たら」走遍天下雖然是有些言過了。但對初學者來說，會是非常受用的一則單元。本單元要教大家怎麼用「たら」走遍（90%的）天下。

　　在 N4 文法會學到「たら、なら、と、ば」的假定條件用法，不過由於太過相近，導致學習者經常不知道該用哪一個好，如果不太確定的話，其實都講「たら」通常不會有太大問題。

「たら」：當前句為假設的條件時，則造成後句的結果。注意此用法會牽涉到「先後順序」的概念。

　　例：日本に行ったら、連絡してください。

　　　　到了日本之後，請跟我聯絡。

　　▶ 表示「先到達日本」，「再聯絡」，有先後關係。

　　那麼，如果是沒有先後順序（指動作未發生）之前的事情，可以用「んだったら」來表示，等同於「なら」，「なら」屬於較正式用語。

「んだったら」≒「なら」：當前句為假設的條件時，則造成後句的結果。此用法是針對動作尚未發生之前。

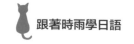

例：日本<ruby>に<rt>に</rt></ruby>行くんだったら、連絡<ruby><rt>れんらく</rt></ruby>してください。

　　如果要去日本，請跟我聯絡。

　▶ 表示「去日本之前」，「先聯絡」，這是指「去日本」這
　　個動作尚未發生之前（也就跟先後順序無關），也可以用
　　「なら」替換。

　　跟「先後順序（時態）」無關可以用「んだったら」是因為「當
前面的動詞為原形時可以用來表示跟時態無關的事實」，例如「貓
はなぜ顔を洗う（貓為何會洗臉）」，這句並沒有時態關係，只有
事實的陳述，單純陳述「貓這種動物」、「會洗臉」這件事實，並
沒有正在洗臉、即將要洗臉等時態關係，這時候都是用「原形」來
表示，因此原形並非只限定於「現在式」或「未來式」，還可以用
在「事實陳述」上。而當事實陳述無關時態時，可以用「んだった
ら（或なら）」。

　　如此一來，無論是哪一種都可以用「たら」，有「動作先後順
序」時用「たら」，沒有則用「んだったら」。這適用於 90% 以上
的情境（當然要考試的話，還是得搞懂たら、なら、と、ば的不同）。
順道一提，大部分的「と、ば」也如上所述，有「動作先後順序」
時用「たら」，沒有則用「んだったら」，只有少數例外，所以不確
定時講「たら或んだったら」有很高的機率是正確的。

9. 動詞為何可以用「～のです」？

在初學階段都是教「名詞＋です」、「動詞＋ます」，所以一些學習者看到「行くのです」就覺得很納悶，為什麼可以用「です」？

我們可以發現「行く」跟「です」的中間多了一個「の」，因此這個「の」就扮演一個很重要的腳色。沒有這個「の」的話就不可以加上「です」了，有了「の」後面就會是「です」而不是「ます」。

（○）行_いきます
（○）行_いくのです
（×）行_いくです
（×）行_いくのます

那麼這個「の」是什麼意思呢？

「の」有許多種意思，如名詞修飾（私_{わたし}の本_{ほん}）、名詞取代（私_{わたし}のです）、加強語氣（行_いくのです）、說明（風邪_{か ぜ}が引_ひいたのです）等。而今天要講的是「加強語氣」跟「說明」的用法。

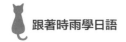

文型 ❶

句型　普通體＋のだ（のです）　表示對某件事情的加強語氣

鈴木さんは甘い物を食べないのです。

鈴木先生是不吃甜食的。

もう家に帰りたいのです。

我想回家了。

ちょっと頭が痛いのです。

頭有點痛。

※ 除了動詞之外，其他詞類也可使用。

文型 ❷

句型　普通體＋のか（のですか）　表示要求對方說明或詢問
　　　對方；回答時則表示說明

なんでこんなに遅く帰ってきたのですか。

為什麼這麼晚回來？

どうしたのですか。

怎麼了嗎？

A：どうして遅^{おく}れたのですか。

為什麼這麼晚才來呢？

B：すみません。途中^{とちゅう}で事故^{じこ}にあったのです。

對不起，途中發生了車禍。

補充

口語上通常會轉音為「ん」，讓發音上更為便利。

食^たべたのです＝食^たべたんです

帰^{かえ}ったのです＝帰^{かえ}ったんです

遅^{おく}れたのです＝遅^{おく}れたんです

一般朋友間的會話，比較常見單獨一個「の」字，比較輕鬆溫和。

食^たべないの？

不吃嗎？

もう帰^{かえ}るの？

你要回去了？

どうしたの？

怎麼了呢？

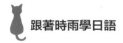

「のか」則是語氣較強烈，通常是男生使用。

食^たべないのか？

不吃啊？

もう帰^{かえ}るのか？

你要回去啦？

どうしたのか？

怎麼了啊？

10. 關於「知っています」的否定「知りません」

　　在第 1 卷有教過「知る」和「分かる」的差別，應該會有讀者覺得「知道的日文是『知っています』，那為什麼不知道卻是『知りません』而不是用『ていません』？」這就要牽涉到「瞬間動詞」跟「狀態動詞」的分別，相信看完本篇，你就能理解為什麼「知る」的否定不用「ていません」了。

> ## 知る：瞬間動詞
> ## 分かる：狀態動詞

什麼是「瞬間動詞」、「狀態動詞」？

　　基本上動詞分為四大類，分別是：瞬間動詞、繼續動詞、狀態動詞、形狀動詞。

動詞	說明	對象
瞬間動詞	動詞發生的時間很短暫	死ぬ、知る、倒れる……等
繼續動詞	動詞發生的時間能持續	聞く、話す、食べる……等
狀態動詞	動詞本身就是狀態	ある、いる、分かる……等
形狀動詞	沒有時間對應，宛如形容詞，又稱第四動詞	太る、優れる、似る……等

在此就先談瞬間動詞的「知る」跟狀態動詞的「分かる」。

簡單說，瞬間動詞，就是「發生跟沒發生」的差別，其動詞發生的時間非常短暫，發生的當下通常就結束了。這時，如果繼續用「ている」就不是表示「正在（ing）」而是表示動作結束後存留的狀態（又稱為結果狀態）。

拿「死ぬ」來解釋最容易理解。「死亡」只有「死」跟「沒死」的差別，並沒有正在死亡的說法，如果你硬要說那個人慢慢死去了，那不好意思，在他嚥下最後一口氣、醫生確定並宣判死亡之前，他都還叫做「活著」！所以，如果用「死んでいます」就是確定已經死亡了（此動作已經發生並且瞬間結束，所留下的狀態。）

※「木が倒れる」也是相同邏輯，都是屬於結果狀態。

那可不可以說「死んでいない」？

我們先想想什麼情況下會這樣說呢？中文是「還沒死」，這通常也意味著你以為對方已經掛了，結果還沒掛掉，所以才會講「還沒」，表示有預設立場：「已經」，不過先不管文法，大多數的情況也是傾向講「還活著（まだ息がある）」而不是「還沒死（まだ死んでいない）」。雖然有「死んでいない」的說法，使用時要看情境是什麼。

瞬間動詞「知る」

回歸正題，「知る」也是瞬間動詞，只有「知道」跟「不知道」的差別，沒有「正在知道」或「正在不知道」的說法，因此當使用「知っています」則表示動作已經發生且瞬間結束並留下的狀態（大腦瞬間得到情報，這個情報會繼續存留大腦），也就是「知道」的結果狀態。

那可不可以說「知っていない」？就跟前面講的一樣，什麼情況會這樣說呢？如果別人問你「知っていますか」，你的回答是「知っていません」，這通常意味著你預期自己即將會知道，但現階段還不知道，這樣的邏輯是很奇怪的。

如果你是想說：「我只是想表達我不知道的狀態」，那麼用「知りません」就可以了。前面已經說過「知」就只有「知道」跟「不知道」的差別而已，使用「知っています」跟「死んでいます」一樣都屬於「動作發生的結果狀態」。如果用相同理論去定義「知る」的否定「知らない」，變成了「知っていない」，在邏輯上就表示「知らない」這個動作發生了，並在很短時間內結束而留下了狀態（結果狀態），那麼，請問是怎樣的情境可以「發生（不知道）這個動作」呢？

也就是說，在發生「不知道（知らない）」之前，你其實是「知道（知る）」的！這完全不合邏輯。

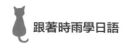
在瞬間動詞的世界，只有無跟有的差別

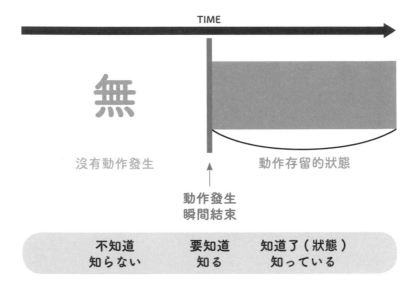

TIME

無

沒有動作發生　　　　　動作存留的狀態

↑
動作發生
瞬間結束

| 不知道
知らない | 要知道
知る | 知道了（狀態）
知っている |

狀態動詞「分^わかる」

　　「分^わかる」則沒有這個問題，因為「分^わかる」屬於「狀態動詞」，本身就是狀態了，當別人問你「分^わかりますか」，回答「分^わかります」或 「分^わかりません」就已經是「理解或不理解的狀態」了。

A：分^わかりますか。

　　你知道嗎？ ▶ 理解了嗎？懂嗎？

B：分^わかります。／分^わかりません。

　　我知道。／我不知道。 ▶ 懂／不懂。

狀態動詞一般不需要加上「ている」，如「ある」、「いる」。

<ruby>机<rt>つくえ</rt></ruby>の<ruby>上<rt>うえ</rt></ruby>に<ruby>本<rt>ほん</rt></ruby>がある。

桌上有書。 ▶ 已經是狀態句。

<ruby>教室<rt>きょうしつ</rt></ruby>に<ruby>学生<rt>がくせい</rt></ruby>がいる。

教室裡有學生。 ▶ 已經是狀態句。

「分かる（狀態動詞）」由於已經是狀態，跟「知る（瞬間動詞）」不一樣，雖然「懂」也是只有分「懂」跟「不懂」而已，沒有正在懂或正在不懂的說法，但要注意的是「分かる」較屬於狀態性質的動詞，所以「分かります」就已充分表現出「理解的狀態」。

而「知る」則偏向動作性質的動詞（接獲情報），因此「知ります」就會變成「要知道」，而不是「知道的狀態」，所以才要用「知っています」。兩者會不一樣，就是因為一個是狀態動詞，一個是瞬間動詞。

由於「分かります」就是「理解的狀態」，「分かっています」便會給人一種「老早就知道」的感覺。

時雨的小叮嚀

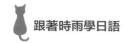
不想管文法了，給我一張懶人表！

知っていますか？	
知っています	知りません
知道	不知道
分かりますか？		
分かります	分かっています	分かりません
知道（懂）	早就知道了	不知道（不懂）

　　有時候，理論是越理越不清（看前面說得落落長也暈了），特別是語言是活的，並不是一個規則就可以套用千言萬語，所以看完後還是建議多接觸文章，經驗會告訴你哪個比較自然。

11. 關於家族稱謂的使用

在初級日文單字如果學到家族的稱謂，應該會學到「謙稱」跟「尊稱」的用法，不過經常會遇到這樣的問題：那就是搞不清楚它們之間的用法，或是「叫自己的爸媽是謙稱還是尊稱？」，以及「尊稱不是用來稱他人嗎？為什麼聽過有人對外卻也用尊稱叫自己的爸媽？」等等，本篇將一次完整地說明。

謙稱

謙稱的意思就是「當你向別人提到自己的家人」時，自家人用謙稱。

例：

風間さん：お父さんはいらっしゃいますか。

　　　　令尊在家嗎？

野原さん：あいにく父は今留守です。

　　　　很不巧地，家父現在不在家。

尊稱

尊稱的意思就是「當你向對方提到對方的家人」時，對方家人的稱謂用尊稱。

風間さん：お父さんはいらっしゃいますか。

　　　　令尊在家嗎？

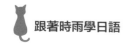
野原さん：あいにく父は今留守です。

很不巧地，家父現在不在家。

自家人對話時

自家人對話並不需要「謙稱」，所以叫爸爸或叫媽媽不會講「家父、家母」。而父母是長輩，所以通常會使用「尊稱」，但隨著親密程度也可以換其他稱呼。

以下我們來看看大家是怎麼叫自己的媽媽吧！

新之助：母ちゃん。

風　間：ママ。

小丸子：お母さん。

信之助：お袋。

為什麼有人對外自稱自己家人時卻用「尊稱」？

剛剛說過尊稱是用在對方家人，但有時候可以聽到「自稱自己家人卻講お父さん、お母さん」，這表示你們之間的關係非常要好，如同自己家人般，就像聊自己的爸媽那樣。但一般不熟的情況為免失禮，還是建議用謙稱。

たまえ：いいなあ。丸ちゃんちのお父さん。

小玉：真好呢，小丸子家的爸爸。

まるこ：まあ、お父さんはよかったんだけどさ。

小丸子：嘛、我爸是人很好啦。

　　到這裡有沒有比較清楚了呢？所謂的尊稱就是尊敬對方所給予的稱呼，所以稱呼別人的父母會用「お父<ruby>とう</ruby>さん／お母<ruby>かあ</ruby>さん」，而謙稱就是自我謙遜的稱呼，因此向別人提及自己的父母時就用「父<ruby>ちち</ruby>／母<ruby>はは</ruby>」，但有些學習者卻誤會成叫自己的爸媽（在家喊老爸老媽時）也是用「父<ruby>ちち</ruby>／母<ruby>はは</ruby>」，這就像看見老媽走進自己的房間，對她說：「家母，有事嗎？」是一樣不合邏輯，跟自己人說話並不需要用到謙稱。

　　相反地，對別人提及自己的父母卻用尊稱的例子，其實只是單純把對方視為與自己相同的位置（都是自己人），在某些情境上都算是合乎常理。因此，還是老話一句，語言是活的，不要只是死記定義，而是多看實際運用的例子，才能真正幫助自己成長。

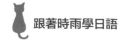

解答

 一起來練習　P.132

妹(いもうと)は私(わたし)に本(ほん)を（くれる）

私(わたし)は妹(いもうと)に本(ほん)を（あげる）

私(わたし)は後輩(こうはい)に本(ほん)を（あげる）

後輩(こうはい)は私(わたし)に本(ほん)を（くれる）

母(かあ)さんは弟(おとうと)に本(ほん)を（あげる）

中川(なかがわ)さんは麗子(れいこ)さんに本(ほん)を（あげる）

先生(せんせい)は私(わたし)に本(ほん)を（くださいました）

私(わたし)は上司(じょうし)に本(ほん)を（さしあげました）

 一起來練習　P.139

私(わたし)は 弟(おとうと)に 写真(しゃしん)を撮(と)っ（てあげる）

私(わたし)は 同僚(どうりょう)に 雑誌(ざっし)を買(か)っ（てあげる）

私(わたし)は 先生(せんせい)に お茶(ちゃ)を入(い)れ（てさしあげました）

妹(いもうと)は 私(わたし)に 書類(しょるい)をコピーし（てくれる）

課長(かちょう)は 私(わたし)に 料理(りょうり)を作(さく)っ（てくださいました）

對話:先生(せんせい)、写真(しゃしん)を（お撮(と)りしましょうか）

あいうえお

跟著時雨學日語

輕鬆掌握 N4 ～ N3 初階常用文法,培養語感、突破自學瓶頸、課外補充都適用!

作者	時雨
執行編輯	鄭智妮
行銷企劃	許凱鈞
內頁設計	賴姵伶
封面設計	Ancy
發行人	王榮文
出版發行	遠流出版事業股份有限公司
地址	臺北市南昌路 2 段 81 號 6 樓
客服電話	02-2392-6899
傳真	02-2392-6658
郵撥	0189456-1
著作權顧問	蕭雄淋律師

2018 年 7 月 25 日　初版一刷
2018 年 10 月 10 日　初版二刷
定價　新台幣 260 元
（如有缺頁或破損,請寄回更換）
有著作權 · 侵害必究　Printed in Taiwan
ISBN 978-957-32-8308-9
遠流博識網 http://www.ylib.com/
E-mail　ylib@ylib.com

國家圖書館出版品預行編目（CIP）資料

跟著時雨學日語:輕鬆掌握 N4 ～ N3 初階常用文法,培
養語感、突破自學瓶頸、課外補充都適用! / 時雨作. --
初版 . -- 臺北市:遠流, 2018.07
面;　公分
ISBN 978-957-32-8308-9（平裝）

1. 日語 2. 語法
803.16　　　　107009170